Evi Della Casa

HEILIGE SÜNDEN
Juan Banderas erster Fall

Kriminalroman

1. Auflage 2013
Alle Rechte vorbehalten
Evi Della Casa, Cham
Lektorat: Literaturwerkstatt
Coverbild: Evi Della Casa
Umschlaggestaltung und Satz: Touch Design AG, Luzern
Herstellung und Verlag: BoD-Books on Demand, Norderstedt
ISBN 978-3-7357-0265-4

1970

Ein tief verzweifelter Schrei weckte mich aus meinem Schlaf. Panik und Herzrasen ergriffen mich. Ein Schauder liess meinen ganzen Körper erzittern. Erneut ertönte dieser Hilferuf aus dem Dunkel der Nacht. Bebend vor Angst erhob ich mich und schlüpfte aus meinem Bett. Ich trat zum Fenster, versteckte mich hinter den Gardinen und spähte in die Finsternis. Das dumpfe Licht stammte von der kleinen Strassenlaterne vor unserem Eingangstor. Ich erkannte die Gestalt einer Frau. Ihr Brüllen liess einen bitteren Seelenschmerz erahnen. Ich war verwirrt, während ich ihre weinerlichen Worte vernahm, die sie unaufhörlich wiederholte: «Was hast du getan? Was hast du getan?»

In meiner Höllenangst suchte ich Schutz unter meiner Bettdecke. Ich ahnte nicht, dass dies die erste von weiteren Nächten war, in denen jemand um Hilfe schrie. Die Qual dieser Frau zeigte sich in zornigen, manchmal fast tobsuchtartigen und dann wieder hilflosem Flehen. Mit meinen zehn Jahren wusste ich noch nicht, wie ich mit meiner Angst, dem Mitleid, das ich für die Fremde empfand, und der Furcht umgehen sollte. Ich spürte sie bis in meine Knochen.

Das Ganze fand sein Ende, als ich eines Nachts hörte, wie mein Vater die knirschende Holztreppe runterkam, vor die Haustür trat und der Frau mit entrüsteter Stimme drohte, sie festnehmen zu lassen oder sie in eine psychiatrische Anstalt einzuweisen.

Seit diesem Zeitpunkt waren die Nächte wieder still und friedlich. Innerhalb unserer Familie wurde nie über den mysteriösen Vorfall gesprochen. Meine Eltern schwiegen, als hätte es diese Schreie nie gegeben. Es dauerte eine Ewigkeit, bis ich die Frau mit ihrem Schmerz vergass und es schaffte, ohne Furcht zu schlafen.

1978

Acht Jahre später holten mich die Ereignisse wieder ein. Als wäre es gestern gewesen, stand da wieder eine Frau unten vor dem Tor und schrie sich die Seele aus dem Leib.

Es war ein erneuter Stich ins Herz. Diesmal jedoch erkannte ich die jahrelange Tragödie.

2012

SAMSTAG
1

Dieses Jahr hatte sie sich ganz besonders auf ihren Urlaub gefreut. Es lag nicht bloss an ihrer Studienfreundin Barbi, die sie begleitete. Es gab noch einen viel bedeutungsvolleren Grund. Trotz der Vorfreude und der gespannten Erwartung fühlte sie während des Fluges Herzklopfen, Hochstimmung und Unbehagen gleichzeitig. Die Vorstellung jedoch, ihre Freundin während des gemeinsamen Urlaubs im Ungewissen lassen zu müssen, erfüllte sie mit einem unangenehmen Gefühl.

Der Anflug auf die Insel war spektakulär. Die Baleareninsel lockt mit schönem Wetter, einladenden Stränden und traumhaften Landschaften jährlich Tausende von Urlaubern an. Der Blick von oben auf das türkisfarbene Meer in den kleinen Buchten und in der Ferne die Stadt in der Bahia de Palma mit ihrer hervorragenden Kathedrale, liess sie für einen Moment ihre innere Anspannung vergessen. Sie liebte die elegante, kosmopolitische Metropole, die dennoch voller spanischer Traditionen steckte.

Die Altstadt von Palma de Mallorca mit ihrem imposanten Wahrzeichen – der Kathedrale *La Seu* – war unverkennbar das Herz und die Seele der Insel.

Es war der Ort, in dem Marina als Kind Sommer für Sommer bei ihrer Grossmutter verbracht hatte. Seit ihrem Tod im letzten Jahr benutzten Marina und ihre Mutter Blanca die Dreizimmerwohnung während ihrer Ferien. Sie befand sich im Zentrum der verspielten Altstadt im siebten Geschoss eines ehrwürdigen Altstadthauses.

Für Marina stand fest: Sobald sie im nächsten Jahr ihr Studium in der Schweiz abgeschlossen haben würde, wollte sie auf die Insel ziehen. Sie war überzeugt davon, in Mallorca als junge Innenarchitektin eine Zukunft und Erfolg zu haben. Es gab zahlreiche gutbetuchte Urlauber, welche Villen, Fincas oder Appartements kauften und die Einrichtung Spezialisten überliessen. Vor allem in der Inselhauptstadt florierten neue moderne Shops, Bars und Restaurants. Ein idealer Ort für kreatives Arbeiten. Marina hoffte insgeheim, dass ihre Mutter Blanca sich eines Tages auch entscheiden würde, sich wieder in Palma niederzulassen, da, wo sie aufgewachsen war. Blanca wäre nie von der Insel weggezogen, hätte ihr Mann – ebenfalls ein Spanier aus Barcelona – nicht kurz nach der Heirat eine einmalige Arbeitsstelle in der Schweiz erhalten. Doch jetzt nach der Trennung sah alles ganz anders aus.

Es war kurz vor neunzehn Uhr, als Marina und Barbi auf dem Flughafen San Juan in Mallorca das Flugzeug verliessen. Fünf Minuten brauchte das Taxi vom Flughafen zum *Passeig de Born*, der Hauptpromenade in Palmas Altstadt. In einer kleinen übervollen Tapas-Bar stillten die beiden Frauen ihren Hunger. Auf dem Nachhauseweg besorgten sie sich einen Energydrink und gingen in Richtung Wohnung. Die Altstadt war voller Leute. Massen von Menschen tummelten sich in den Gassen. Es schien viel los zu sein. Anscheinend bot Palma an diesem Abend wieder einen speziellen Event. Die vielen Veranstaltungen in der Inselhauptstadt waren unschlagbar. Kulturell, gastronomisch und musikalisch war das Angebot enorm vielfältig.

Marina und Barbi zogen es vor, den ersten Abend zusammen auf der Terrasse zu verbringen. Das Panorama über den Dächern, vor dem Hafen und den Bergen, tauchte ins Abendlicht. Es war eine Augenweide. Auf die wenigen Terrassen hatte man Stühle, Tische und Pflanzen gestellt. Die meisten Terrassen wurden lediglich zum Wäschetrocknen benützt, oder Parabolspiegel zierten sie. Auf einer kleinen Terrasse gegenüber wurde gefeiert. Erstaunlich viele Leute vergnügten sich auf engstem Raum. Das Gelächter und Geplauder hallte weit über die Dächer der Stadt.

Marina und Barbi machten es sich in ihren Loungesesseln bequem und prosteten sich mit ihrem Drink zu. «Auf unseren Urlaub.»

Ein Monat ohne Schulstress, nur Sonne, Meer, Chillen und Fiesta. Die Beine hoch gelagert, genossen sie die laue Sommernacht und beobachteten dabei das Treiben an der Party gegenüber. Barbi wusste immer etwas zu erzählen. Sie war ein richtiges Plappermaul. Ihr Geschnatter war in vollem Gange, als Barbi plötzlich den Eindruck hatte, sie spreche gegen eine Wand. Marina schien ihr nicht mehr zuzuhören. Ihre Aufmerksamkeit galt der Party, die sie auf einmal unentwegt im Auge behielt. Als sie dann abrupt aufstand, um im Wohnzimmer das Fernglas zu holen und damit begann, die Partygäste zu beobachten, überkam Barbi ein eigenartiges Gefühl. Was hatte sie plötzlich? Marina wirkte nervös und aufgeregt. War es der Energydrink, der ihre Unruhe auslöste oder gab es dafür einen anderen Grund? Täuschte sie sich, oder blickte einer der Partygäste zu ihnen hoch?

Eine halbe Stunde später hatten sich die meisten der Gäste ins Innere des Hauses begeben. Nur noch sporadisch tauchte jemand auf der Terrasse auf. Trotzdem schweiften Marinas Blicke immer wieder hinüber. Barbi schlug vor, schlafen zu gehen. Marina willigte sofort ein, worauf jede sich in ihr Zimmer begab. Die Schlafzimmer lagen auf der anderen Seite, gegen Osten gerichtet, mit demselben Rundblick über Ziegeldächer, Kirchtürme, Balkone, Wäscheleinen und Antennen. Barbi fiel innert Kürze in einen tiefen Schlaf.

2

Die Saison der Künste begann, mit der *Nit de l`Art,* der Nacht der Kunst. Organisiert wurde diese durch die Vereinigungen der Galeristen. Palmas Galerien und Museen hatten die ganze Nacht ihre Tore geöffnet. Besucher konnten kostenlos das festliche Kunstereignis geniessen, indem sie in der Altstadt zirkulierten. In jeder Galerie wurden Tapas und Getränke serviert. Mancher Galerist bot neben seiner Ausstellung auch einen hochstehenden Gourmetevent an, indem Köche und Weinproduzenten ihre Produkte zur Degustation offerierten. Die Nacht der Kunst zog jedes Jahr neue Gäste an. Das Museum für moderne Kunst *Es Baluard* hatte im vergangenen Jahr sechstausendvierhundert Besucher vermeldet. Alle Jahre öffneten neue Galerien. Es war ein stetiger Wechsel. Die einen verschwanden und neue kamen dazu.

Die Galerie RR nutzte die Nacht der Kunst gleichzeitig als Eröffnung. Rafael Rodriguez, der Besitzer, hatte jahrelang in Madrid eine Galerie geführt, bevor er seinen Sitz nach Palma wechselte. Einen Standort mitten im Zentrum der Altstadt zu bekommen, war für ihn die Gelegenheit, seine Zukunft auf der Baleareninsel zu verbringen. Die grosszügige Galerie verfügte über zwei Stockwerke, wobei die obere Etage gleichzeitig als Wohnung diente. Vom offenen Wohnraum aus erreichte man über eine Wendeltreppe die kleine Dachterrasse. Für Rafael Rodriguez eine kleine Oase, obwohl er noch keine Gelegenheit gefunden hatte, sie zu nutzen. Er war in den letzten Tagen mit Einrichten und allen Vorbereitungen zu beschäftigt gewesen. Sein neues Reich war sein ganzer Stolz. Ein Grund mehr, am Abend der Eröffnung sämtliche Türen zu seinen Räumlichkeiten zu öffnen, damit die Gäste beliebig zirkulieren konnten. Selbst oben in seinem Wohnraum bot er die Gelegenheit an,

Werke zeitgenössischer Kunst zu besichtigen. Vor seiner Übersiedelung nach Palma hatte Rafael jedes Jahr mehrere Tage auf der Insel verbracht. Als Kultur- und Gourmetliebhaber hatte er viele interessante Kontakte geknüpft. Unzählige Stunden hatte er in Bodegas verbracht, um neue mallorquinische Weine zu entdecken. Er hatte wohl schon in jedem Gourmettempel auf der Insel gegessen. Die meisten Spitzenköche kannte er persönlich. Dank seiner guten Beziehungen konnte er die Eröffnung und die Nacht der Kunst mit dem bekanntesten Koch der Insel umrahmen. Sternekoch Gabriel offerierte seine raffiniert zubereiteten Tapas, in Begleitung von Sancho Carreras edlen Tropfen. Sanchos Weine – hergestellt mit den Trauben *Manto Negro*, *Callet* und *Tempranillo* – sorgten seit ein paar Jahren für Furore. Sein Ruhm hatte sich unter den Weinliebhabern längst herumgesprochen. Der *Amante de Sancho* war zwischenzeitlich einer der beliebtesten Weine der Insel. Unzählige Menschen gehörten in dieser Nacht zu seinen Gästen. Bekannte und unbekannte Gesichter gingen ein und aus.

Es war bereits nach ein Uhr, als Rafael zufrieden die Tür abschloss. Es würden ihm nur noch wenige Stunden Schlaf bleiben. Er musste am Morgen die Acht-Uhr-Fähre nach Ibiza erreichen, damit er rechtzeitig zu seinem Termin kam, den er mit einem Künstler vereinbart hatte. Er wollte ihn für eine Ausstellung gewinnen. Ein langer Tag erwartete ihn.

Er legte sich müde in sein Bett und verfiel kurz darauf in einen tiefen Schlaf, ohne zu ahnen, dass er nicht alleine war.

SONNTAG
3

Es waren nicht die Kirchenglocken, die Barbi weckten. Es war die Sonne, die ins Zimmer strahlte. Dass an diesem Sonntagmorgen die Glocken der Kirche Sant Nicolau nicht läuteten, bemerkten nur die Einheimischen. Die Kirchgänger, die auch ohne das einladende Geläute zur Messe gegangen waren, verliessen das Gotteshaus kurze Zeit später wieder, ohne einer Messe beigewohnt zu haben.

Vögel kreisten über den Dächern. Es war bereits recht warm, und ein heisser, schwüler Tag kündigte sich an. Barbi freute sich: In nächster Zeit würde sie nur leichte Kleider, Bikini und Flip Flops tragen. Ihr Magen knurrte, denn ausser den Tapas am Vortag hatte sie nichts mehr zu sich genommen. Als sie vom Wohnzimmer auf die Terrasse trat, fand sie einen gedeckten Tisch mit frischen Brötchen und Kaffee vor. Marina bestrich schwerfällig ein Brötchen. Es schien, als hätte sie letzte Nacht kein Auge zugetan. Sie sah blass und müde aus.

«Du bist meine Rettung», lächelte Barbi. «Ich bin am verhungern. Wie lange bist Du denn schon wach? Hast du überhaupt geschlafen, so wie du aussiehst?»

Ohne auf die Fragen einzugehen, zeigte Marina mit dem butterverschmierten Messer auf die Dachterrasse gegenüber, wo letzte Nacht gefeiert worden war. Mit dem letzten Bissen im Mund sagte sie: «Schau dir das an.»

Die letzte Nacht hatte unübersehbare Spuren hinterlassen. Es standen Unmengen von Weinflaschen, Gläsern und Tellern auf dem schmalen Geländer. Auf dem Boden neben Glasscherben lag unverkennbar eine dunkel gekleidete Gestalt. Lediglich die Beine und der Oberkörper waren sichtbar, der Kopf wurde von der Terrassensäule verdeckt. Vermutlich einer, der immer noch seinen Rausch ausschlief. Wohl das traurige Ende einer Partynacht.

Marina und Barbi verbrachten den ganzen Tag am Stadtstrand, dort, wo wie üblich die Spanier mit ihren Familien den Sonntag verbrachten. Das Schlafmanko holte Marina ein. In der glühend heissen Sonne hielt sie bis zum späten Nachmittag Siesta.

Eher erschlagen von der Hitze als erholt, schlenderten die beiden Frauen zurück nach Hause. Nach einer kühlenden Dusche wollten sie gleich los, irgendwo etwas Kleines essen gehen und dann ab ins Nachtleben an den Passeig Maritim, wo sich die tollsten Clubs und Diskotheken befanden.

Dank der geschlossenen Fensterläden herrschte eine angenehm kühle Temperatur. Draussen wehte ein lauer, leichter Abendwind. Während Barbi die Rollläden zur Terrasse hochzog, fiel ihr Blick auf die kleine gegenüberliegende Dachterrasse. Ein Schauder durchfuhr ihren Körper. Fassungslos und wie gelähmt blieb sie am Fenster stehen, bevor sie aus voller Kehle ihre Freundin zu sich rief.

Ihnen präsentierte sich dasselbe Bild wie am Morgen. Erst der Blick durch das Fernglas zeigte, dass der Betrunkene, umgeben von Glasscherben, in einer roten Lache lag.

Er war offensichtlich tot.

4

Die wenigen freien Tage im Jahr verbrachte Juan Banderas am liebsten mit seinem Segelboot auf dem Meer. Es war der einzige Ort, wo er seine Erholung fand. Meistens segelte er von Bucht zu Bucht die Küste entlang. Hinter dem kleinen Felsen, der in der Bucht von Puerto Portals auf das Meer hinaus ragte, war die Roxy Beach Bar ersichtlich. Die Bar im Ibiza Style am Ende der Playa Oratori lag direkt unterhalb der Kirche von Portals Nous. Es war der Treffpunkt der Stars und Sternchen wie auch der Einheimischen und Touristen. Zwischen dem Felsen und dem Strand ankerten zahlreiche Motor- und Segelyachten. Das Chiringuito, wie man die Beach-Bars nannte, bot mit kühlen Drinks, Snacks und Chillout-Musik ein angenehmes Ambiente. Nach einem erlebnisreichen Tag auf dem Meer fand man hier den perfekten Platz, um den Sonnenuntergang bei einem Drink oder Cerveza zu geniessen. Juan Banderas liebte diesen Platz. Hier traf er jedes Mal Freunde und Bekannte an.

Sein Boot war noch weit draussen, als Chico, der Barkeeper, schon voller Freude hinter der Theke hervor rief: «Der Comisario kommt!»

Nicht nur sein Nachname erinnerte an einen der bekanntesten Schauspieler Spaniens - er hätte das Ebenbild von Antonio Banderas sein können, der typische Latin Lover mit Sexappeal und sympathischen Lachfalten. Einer, der die Frauen an den Rand des Nervenzusammenbruchs hätte bringen können. Juan ankerte sein Boot und wurde winkend erwartet. Er wollte die Nacht in der Bucht verbringen. Mit seinem kleinen Gummiboot ruderte er ans Ufer. Er freute sich auf einen kühlen Drink und einige Bocadillos.

Während er sich inmitten einer gemütlichen, fröhlichen

Runde befand, vibrierte sein Handy in der Hosentasche. Er hatte es auf stumm geschaltet. Warum bloss hatte er das Telefon nicht auf dem Boot gelassen? Im ersten Augenblick dachte er an seine Schwester Elena, die kaum einen Tag verstreichen liess, ohne ihn anzurufen. Sie war ein herzenslieber Mensch, doch manchmal konnte sie echt nervig sein mit ihren ständigen Umsorgungen. Obwohl sie jünger war als er, fühlte sie sich verpflichtet, ihn zu beschützen und zu umhegen. Sie wollte ihm Mutter, Freundin und Kollegin gleichzeitig sein. Nein, er hatte jetzt keine Lust, mit ihr zu sprechen. Er wollte die zwei freien Tage ungestört geniessen und liess es weiter in seiner Hosentasche vibrieren, ohne einen Blick auf das Display zu werfen.

Es war Hochbetrieb in der Roxy Beach Bar. Chico liebte es, ohne Unterbruch Mojitos und Daiquiris in allen Varianten und Farben zu mixen. Er beherrschte die Kunst des Cocktailmixens. Es war beeindruckend, wie er die Flaschen mit der einen Hand in die Luft wirbelte, sie mit der anderen hinter seinem Rücken wieder fing und dann exakt das richtige Mass des Getränks ins Glas schüttete. Man hätte ihm dabei stundenlang zuschauen können.

Eine halbe Stunde später vibrierte Juans Handy erneut. Mit einem «Caramba!» nahm er das Telefon aus seiner Tasche. Am Apparat war nicht seine Schwester Elena, sondern sein Arbeitskollege Lucero Fuentes. Widerwillig nahm Juan den Anruf entgegen.

«Na endlich, wo steckst du denn um Himmels Willen?»

«In der Roxy Beach Bar. Dir sollte doch bekannt sein, dass heute Sonntag ist und ich zwei Tage frei habe.»

«Ich weiss, aber wir brauchen dich dringend. Du musst so schnell wie möglich nach Palma kommen. Auf dich warten zwei Girls und eine Leiche. Tatort Galerie RR, Paraires 10, auf der Dachterrasse.»

Mit dem Boot würde es ewig dauern, bis er in Palma sein würde. Juan liess es in der Bucht zurück und nahm ein Taxi.

5

Die Tür wurde von der Polizei mit den entsprechenden Werkzeugen geöffnet, da der Besitzer der Galerie nicht auffindbar war.

«Entdeckt wurde die Leiche von zwei jungen Schweizerinnen, die hier ihre Ferien zwei Häuserreihen weiter an der Placa Chopin verbringen», informierte Lucero. «Von ihrer Terrasse aus beobachteten sie gestern Abend das Treiben hier und stellten am anderen Morgen fest, dass jemand auf der Terrasse am Boden liegt. Sie dachten, es sei ein Betrunkener, der seinen Rausch ausschläft. Als sie gegen Abend vom Strand zurück kamen, lag die Person immer noch unverändert da. Worauf sie die Polizei riefen.»

«Wo sind die beiden Frauen jetzt?», wollte Juan wissen, als er sie nirgends erblickte.

«Sie wollten nicht warten, bis du da bist. Ich habe ihre Angaben und Telefonnummern notiert, damit wir sie für Befragungen kontaktieren können. Ich musste sie gehen lassen. Der Hübscheren der beiden schien die Sache ziemlich an die Leber zu gehen. Sie machte einen ziemlich verstörten Eindruck, war kaum im Stande zu sprechen und fragte trotzdem ständig, um wen es sich bei dem Toten handelt. Habe ihr selbstverständlich keine weiteren Informationen gegeben.»

«Sehr gut, Lucero, sehr gut! Was wissen wir bis jetzt über den Toten?»

«Es handelt sich um Alejandro Savall, Priester der Kirche Sant Nicolau. Er wohnt in der an der Kirche angebauten Wohnung gleich gegenüber der Nicolas Bar. Alter um die fünfundvierzig. Vermutlich hielt er sich anlässlich der Einweihung und der *Nit de l`Art* in der Galerie auf.»

«Wo steckt eigentlich der Eigentümer der Galerie?»

«Rodriguez ist unten im Foyer. Er war heute den ganzen Tag unterwegs in Ibiza und kam erst am Abend zurück, just in dem Moment, als wir die Eingangstür der Galerie aufgebrochen hatten. Er sagte aus, dass gestern, während des Abends, seine Räumlichkeiten voll von Besuchern waren. Bekannte und unbekannte Personen seien unentwegt rein und raus geströmt. Auf der Terrasse sei er nie gewesen. Die Tür, die zur Terrasse hoch führt, lasse er normalerweise offen, auch nachts. Er sei gegen zwei Uhr morgens ins Bett gegangen und nach einer kurzen Nacht am frühen Morgen gleich nach Ibiza aufgebrochen. Den Leichnam auf seiner Terrasse habe er nicht bemerkt.»

«OK, was wissen wir über die Todesursache?», fragte Juan weiter.

«Tot durch einen Schlag auf den Kopf, wahrscheinlich mit einer Weinflasche. Das Opfer hat eine grosse Platzwunde. Doch die Todesursache dürfte ein Schädelhirntrauma sein.» Lucero zeigte auf die Spritzer am Boden und fuhr fort: «Die Weinspritzer befinden sich in nur einem Winkel. Das bedeutet, dass ein einziger Schlag ausreichte.»

«Wer ausser Rodriguez war sonst noch den ganzen Abend in der Galerie anwesend? Gab es Bedienstete?»

«Ja, da gab es den Winzer Sancho Carreras, Gabriel, den Sternekoch und zwei Serviceangestellte – Flor und Gloria.»

«Gut, dann beginnen wir gleich morgen mit den Verhören der vier. Besorg uns ihre Kontaktdaten», ordnete Juan an.

Kaum hatte sich Juan von Lucero verabschiedet, ertönte eine bekannte Melodie aus seinem Handy, das er inzwischen von lautlos auf Ton geschaltet hatte. Seine Schwester Elena war am Apparat. Es wunderte ihn nicht, dass sie so spät noch anrief. Sie wusste, dass er zwei Tage frei hatte, und rechnete damit, dass er sich irgendwo in einer Bar auf hielt. Juan teilte ihr mit, dass er mit einer Leiche beschäftigt sei, was sie ziemlich beunruhigte. Sie befürchtete, er könnte sich überarbeiten, wo er doch so dringend Erholung nötig hatte. Als sie erfuhr, dass sich der Fundort der Leiche eine Gasse neben ihrem Pedicure-Manicure-Studio befand, war ihre Neugierde geweckt. Sofort wollte sie wissen, um wen es sich bei dem Toten handelte. Juan machte ihr betont klar, dies sei Polizeigeheimnis und vorerst noch nicht für die Öffentlichkeit bestimmt. Elena war überzeugt, dass der Vorfall morgen in ihrem Studio das Diskussionsthema Nummer eins sein würde.

6

Es schmerzte Marina immer noch, dass ihre Grossmutter nicht mehr da war. Sie vermisste sie sehr – ihre Abuela. So hatte sie sie genannt, einfach nur Abuela. Jedes Möbelstück erinnerte an sie, vor allem der Tisch in der Küche. Die meisten Stunden des Tages hatte ihre Grossmutter in der Küche verbracht und mallorquinische Spezialitäten auf den Tisch gezaubert. Zu jedem Gericht hatte es das *pa amb oli*, geröstetes Graubrot mit Olivenöl und zerriebenen Tomaten gegeben. Grossvater hatte speziell die Camaiot-Wurst gemocht, obwohl er als leidenschaftlicher Fischer Fischgerichte bevorzugte. Grossmutter hatte aus jedem Fang eine Spezialität gezaubert. Ihre Fischsuppen und Fischeintöpfe waren ein Gedicht gewesen. Man hatte sich Zeit zum Kochen und zum Essen genommen. Am gedeckten Tisch hatte man erst zu essen begonnen, als Grossvater sein Weinglas hob und «Salut, pesetas i amor!», sagte, was bedeutete, auf die Gesundheit, Geld und die Liebe.

Nach Grossvaters Tod hatte sich Marina noch enger mit ihrer Abuela verbunden gefühlt. Es waren unbeschwerte Tage gewesen, die sie zusammen verbrachten. Die schönsten Erinnerungen an ihre Kindertage waren bei Abuela in Palma. Bei ihr hatte sie sich geborgen und behütet gefühlt. Es war Marinas traurigster Tag in ihrem Leben gewesen, als Grossmutter starb. Der Hausmeister, der jeden Tag kurz bei ihr vorbei schaute, hatte sie gefunden, friedlich eingeschlafen in ihrem Lieblingssessel. Als die traurige Nachricht Blanca und Marina in der Schweiz erreicht hatte, reisten sie umgehend zusammen nach Palma. Dass ihr Vater nicht zu Abuelas Begräbnis mitkam, hatte sie ihm nie verziehen. Obwohl er immer ein herzliches Verhältnis zu Camila, Marinas Grossmutter gepflegt hatte, hatte er es vermieden, sie in letzter Zeit zu besuchen. Es waren geschäftliche Gründe oder andere wichtige Anlässe gewesen, die ihn daran hinderten, nach Mallorca zu reisen. Die Ausreden waren offensichtlich, trotzdem nahm Blanca es hin. Keiner ahnte, was wirklich dahinter steckte. Wenn er mal nach Spanien reiste, dann nur nach Barcelona, um seine Eltern zu besuchen. Grosseltern, zu denen Marina, ausser einer Weihnachts- und Geburtstagskarte, keinen Kontakt hatte.

Eigentlich waren sie eine glückliche oder zumindest zufriedene Familie. Sie lebten in einem geräumigen Einfamilienhaus direkt am Vierwaldstättersee, in dem sich zugleich die Arztpraxis ihres Vaters befand. Er war ein guter Vater und gleichzeitig verehrte er seine Frau Blanca abgöttisch. Schon immer war sie seine Traumfrau gewesen, vom ersten Augenblick an, als sich ihre Wege kreuzten. Marina wusste, dass ihre Mutter nicht dieselben Gefühle für ihren Partner empfand, es war eher so, dass sie ihn schätzte, ihm dankbar war für das, was er für seine Familie tat. Das einzige, was Marina manchmal fehlte, waren eine Schwester oder ein Bruder. Marinas Vater hätte gerne weitere Kinder gehabt, doch Blanca wehrte sich dagegen. Er hatte es akzeptiert, schliesslich war er als Arzt beschäftigt genug, und irgendwann war es auch kein Thema mehr.

Das Familienleben war intakt gewesen, bis zu dem Tag, den Marina nie mehr vergessen würde.

Das Polizeigebäude der Policia Nacional in Palma befand sich auf der anderen Seite des Flusses Torrent Sa Riera. Das markant hässliche Gebäude war ein Schandfleck. Im Erdgeschoss befanden sich das Passbüro und die Büros für Delikte. Dunkle, kalte Löcher, die man mied, wenn man nicht dringend ein Anliegen hatte oder ein Delikt melden musste. Im dritten Stock teilte Juan Banderas mit seinem Team die Büros, welche eintöniger und trister nicht sein konnten. Das sollte sich jedoch ändern. Das ganze Gebäude wurde innen renoviert und aufgefrischt. Juans Team wurde aufgrund der Umbauarbeiten ins Zentrum der Altstadt in einen alten Palast verlegt, welcher der Stadt gehörte und seit längerem leer stand.

Ein grosses Eichentor führte in den prächtigen Innenhof, welcher mit bunten Pflanzentöpfen und einem zentralen Ziehbrunnen geschmückt war. Ein paar Stufen höher hatte sich Juan sein neues Büro eingerichtet. Stand seine Tür offen, sah er durch den Innenhof direkt zum Cafe Placa an der Placa Santa Eulalia. Ein wichtiger Treffpunkt für Einheimische und Touristen und nun auch für die Policia Nacional. Im oberen Stock des Palastes befanden sich weitere Büros. Es war ein herrliches Gefühl, in einem ehemaligen Palast zu arbeiten. Kaum eine andere Stadt in Europa besass so viele Stadtpaläste wie Palma. Aussen sahen sie wie kleine Festungen aus, kaum auffällig, hinter dessen wuchtigen Toren sich jedoch riesige Innenhöfe verbargen, die früher genügend Platz für Pferde und Kutschen hatten bieten müssen.

Rafael Rodriguez sass jammernd und gezeichnet von den Spuren der letzten Nacht in Juans Büro und verstand nicht, warum seine glanzvolle Eröffnung dermassen dramatisch geendet hatte. Welch ein schlechtes Omen für seine zukünftigen Geschäfte.

Juan unterbrach sein mitleiderregendes Gejammer und wollte nun endlich einige Auskünfte.«Also, was ist mit dem Toten, kannten Sie ihn?»

«Nein, natürlich nicht, ich bin ja erst kürzlich nach Palma übersiedelt und war rund um die Uhr beschäftigt, dass ich nicht auch noch Zeit für Kirchenbesuche hatte.» Nach einer kurzen Pause sprach er weiter: «Das heisst, er kam als Besucher in meine Galerie und hatte sich bei mir als Alejandro vorgestellt. Er sei Pfarrer der Kirche Sant Nicolau und er freue sich, mich in seiner Pfarrgemeinde willkommen zu heissen. Er schien mir sehr sympathisch, und ich hätte gerne mit ihm weiter geplaudert, aber da drängten sich bereits die nächsten Besucher, die ein Gespräch suchten, zwischen uns. So ging es eigentlich den ganzen Abend. Ich wurde ständig beansprucht und konnte mich trotzdem keinem näher widmen.»

«Sonst ist Ihnen nichts weiter aufgefallen, wann er kam, mit wem er sich unterhielt, welche Gemälde ihn interessierten, ob er etwas ass oder trank?»

«Das einzige, woran ich mich spontan erinnern kann, ist, dass er die ganze Zeit ein Handy in der Hand hielt. Die meisten Besucher gingen mit einem Glas Wein oder Häppchen herum. Ein Pfarrer mit einem Handy? Passt irgendwie nicht.»

Die Befragung zog sich in die Länge, da Rodriguez kaum fähig war klar zu denken. Lucero konnte zwischenzeitlich mit den beiden Serviceangestellten Flor und Gloria sprechen. Zwei junge Studentinnen, die mit ihrem Nebenjob versuchten, ihr Studium zu finanzieren. Die beiden waren begeistert von dem Abend und den kulinarischen Spezialitäten. Sie hatten den Eindruck, die Besucher seien anlässlich des Spitzenkochs Gabriel und des Winzers Sancho Carreras gekommen. Für Flor und

Gloria war es wie ein Sechser im Lotto gewesen, mit den Tabletts voller verführerischer Köstlichkeiten zwischen den Gästen zirkulieren zu dürfen. Mit Sancho und Gabriel seien zwei Highlights aufeinandergetroffen, die Gaumenfreuden von höchster Qualität boten. Die beiden Studentinnen nahmen kein Blatt vor den Mund. Sie waren überzeugt, dass die ausgestellten Gemälde der verschiedenen Künstler, von denen nicht ein einziger persönlich anwesend gewesen war, neben der gebotenen Gourmet- und Weinkunst untergegangen waren. Die einzigartigen Kreationen von Gabriel waren auch Juan und Lucero bekannt. Bei dem Gedanken daran lief ihnen das Wasser im Mund zusammen. Gabriel hatte jahrelang als Küchenchef in einem bekannten edlen Landhotel im Landesinnern gekocht. Als Starkoch der Insel bot er an diversen Anlässen seine Kochkunst an. Viele seiner Events fanden mit Sancho statt. Die beiden zusammen waren ein hochkarätiges Duo. Die Weine von Sancho Carreras waren ein Geschenk des Himmels. Der Winzer besass eine ganz besondere Gabe, seine Weine zu präsentieren. Es war wie eine Zeremonie. Er füllte liebevoll jedes Glas, machte die Gäste auf die Farbe des Weines aufmerksam, hielt eine weisse Serviette hinter das Glas, um die Farbe des Weins besser hervorzuheben. Er belehrte die Gäste, wie man einen Wein riecht und welch exzellenter Hinweis das Aroma auf seine Qualität gibt.

Einen Pfarrer bedient zu haben, daran konnte sich weder Flor noch Gloria erinnern.

Juan und Lucero tauschten gerade ihre Erkenntnisse aus, als ein junger Polizeigehilfe den Besuch einer jungen Dame meldete, die draussen wartete. Lucero sprang vom Stuhl. «Oh, hätte ich fast vergessen. Habe heute Morgen die beiden Frauen kontaktiert, die den Leichenfund meldeten. Eine von ihnen ist nun für das Protokoll hier.»

Bereits eine Sekunde später stand die attraktive junge Dame im Türrahmen. Lucero stürmte sofort auf sie zu, um sie zu begrüssen, während Juans Augen starr an der bezaubernden jungen Frau hängen blieben. Lucero war bereits dabei, sie in sein Büro zu bitten, als Juan sich umgehend erhob, den beiden nacheilte und ihnen hinterher rief: »Lucero, lassen Sie mal, ich übernehme das!«

Enttäuscht übergab er die reizende Dame seinem Chef.

Als die beiden sich ungestört in Juans Büro befanden, machte sich sofort eine vertraute Atmosphäre breit. Juan stellte sich als hauptverantwortlicher Comisario für die Angelegenheit des gestrigen Vorfalls vor.

«Freut mich, Marina Vidal», stellte sie sich vor und streckte ihm ihre Hand entgegen.

Sie vereinbarten, bei den Vornamen und dem Du zu bleiben. Juan musste sich zusammenreissen, ihre Hand nicht länger als nötig festzuhalten. Er bewunderte ihre tiefbraunen grossen Augen. Ihr dunkles, leicht gelocktes Haar war ein natürlicher Schmuck, der schöner wirkte als jede Juwelenkette. Kaum hatte sie sich gesetzt, wollte sie wissen, wer der Tote war. Juan bestand darauf, zuerst das Protokoll aufzunehmen. Sie schilderte ihm nochmals, was sie am Abend vorher bereits Lucero mitgeteilt hatte. Juan wunderte sich, dass sie ohne ihre Freundin gekommen war. Marina erklärte, dass ihre Freundin Barbi immer noch schlafe, nachdem sie die ganze Nacht im Titos verbracht hatte – in einer der grössten Diskotheken in Palma. Sie selber sei früh nach Hause zurückgekehrt, da ihr nach dem Leichenfund die Lust auf Musik, Tanzen und Vergnügen vergangen war. Sie beantwortete noch ein paar Fragen über persönliche Dinge, die Juan wissen wollte. Dass sie in der Schweiz lebe, Innerarchitektur studiere und die Sommerferien mit ihrer Freundin in der Wohnung ihrer verstorbenen Grossmutter verbringe. Erneut erkundigte sie sich nach dem Toten. Juan fragte sich, ob ihr Interesse an dem Toten bloss reine weibliche Neugierde war. Warum sonst sollte sich eine Touristin dafür interessieren, die hier kaum jemanden kannte? Er erklärte ihr, dass er keine Informationen preisgeben könne. Vorerst bleibe alles der Polizei vorbehalten.

Marina sah nicht ein, warum sie kein Anrecht hatte zu erfahren, um wen es sich dabei handelte, obwohl sie die Leiche entdeckt hatte. Juan versprach ihr, sie zur gegebenen Zeit zu benachrichtigen, sollte sie es nicht schon vorher aus der Presse erfahren haben.

Als sie das Büro verlassen hatte und nur noch ein feiner Hauch ihres Parfums in der Luft hing, überkam ihn eine eigenartige Leere.

8

Einer Enttäuschung muss immer erst eine Täuschung voran gegangen sein. Wie wahr dieser Spruch ist, dachte Blanca. Ein Leben lang wurde ich getäuscht. Die Menschen, die mir am meisten bedeuteten, hatten mich schlussendlich nur getäuscht. Alles war eine grosse Lüge. Immer und immer wieder überkamen Blanca diese Gedanken. Die Wahrheit, mit der sie kurz nach dem Tod ihrer Mutter konfrontiert worden war, liess sie tief fallen, riss Wunden wieder auf, die noch nicht richtig verheilt waren. Zum Glück hatte Gott sie mit einer starken inneren Kraft ausgestattet, die sie nicht verzweifeln liess. Sie hatte gelernt, dass man als Opfer das Schicksal selber in die Hand nehmen muss. Sie war nicht das einzige Opfer in diesem Land. Als vor zwei Jahren die Zeitungen zum ersten Mal das grosse Schweigen Spaniens publik gemacht hatten, gab es plötzlich unzählige davon. Viele, die bis anhin nicht einmal wussten, dass sie Opfer waren und andere, die es ihr ganzes Leben lang vermuteten zu sein – nur fehlten ihnen die Beweise. Mittlerweile waren es über tausend Betroffene, die von der Hauptorganisation Ilumna in Barcelona vertreten wurden. Morgen würden sie vor dem Tor der Generalstaatsanwaltschaft eine Sammelklage einreichen. Die Widerstände gegen eine Aufklärung der Fälle waren enorm, schliesslich war dieses dunkle Kapitel der spanischen Geschichte Hand in Hand mit der Kirche und dem Staat einhergegangen.

Blanca hing auf ihrem Flug nach Barcelona immer noch ihren Gedanken nach, als die kleine Zwischenverpflegung serviert wurde. Sie hatte keine Lust zu essen, legte das Sandwich zur Seite und nahm ihre Mappe mit den Unterlagen der Ilumna zur Hand. Sie enthielten dokumentierte Schicksale, Geschichten von Menschen, die sie in Palma, Malaga, Sevilla und

Barcelona kennengelernt hatte. Überall in Spaniens Städten wurden Organisationen gegründet. Sie blätterte einige Seiten durch und überflog einzelne Sätze:

Meine Schwester ist nicht tot und nicht lebendig, sie ist verschwunden.

Ein Land auf der Suche nach sich selbst.

Gestorben wegen einer Mittelohrentzündung.

Der Totengräber gesteht, jahrelang leere Kindersärge unter die Erde gebracht zu haben.

Blanca hatte sich viele Geschichten dieser Menschen angehört, hundertmal in den Akten geblättert, und immer wieder war sie erneut zutiefst berührt und entsetzt über die geschilderten Schicksale.

Sie lehnte sich zurück, schloss die Augen und erinnerte sich an ihre Kindertage.

Sie hatten bescheiden gelebt. Das Einkommen ihres Vaters war bedürftig. Es reichte knapp zum Leben. Für alles, was sie sich anschaffen wollten, musste erst gespart werden. Ferien konnten sie sich nicht leisten. Einzig ihr Vater reiste alle Jahre einmal mit der Fähre nachts von Palma nach Barcelona, um einen Freund zu besuchen. Einen Tag später war er wieder zu Hause und erzählte Mutter und ihr stundenlang von der schönen imposanten Stadt Barcelona und dem gewaltigen Anwesen seines Freundes. Es war Blancas grösster Traum, irgendwann einmal ihren Vater zu seinem Freund begleiten zu dürfen und etwas von der Welt zu sehen. Sie war sechzehn Jahre alt, als dieser Traum wahr wurde. Blanca fand nebst der Schule abends in einem kleinen Restaurant einen Job als Küchenhilfe. Mit dem Geld, das sie sich dort verdiente, konnte sie ihren Beitrag für die Überfahrt mit der Fähre nach Barcelona leisten. Die Hin- und Rückfahrt erfolgte nachts, somit konnten sie sich das Hotel sparen. Es war einer der schönsten Tage in ihrem Leben. Der erste Eindruck über Barcelona war überwältigend, eine neue Welt, die sich ihr offenbarte. Als sie das Anwesen von Vaters Freund betraten, präsentierte sich ihnen eine spektakuläre dreiflügelige Villa von einer Grösse, die sie vorher noch nie gesehen hatte. Freundlich wurden sie von einer Bediensteten empfangen und gebeten im Salon einen Moment Platz zu nehmen. Dass die Familie im Reichtum schwamm, war nicht zu übersehen. Das Haus war mit massiven dunklen, typisch spanischen Holzmöbeln ausgestattet. An den Wänden hingen wertvolle Gemälde mit breiten vergoldeten Rahmen. Als Vaters Freund Jorge in den Salon trat, wurden sie von ihm freundlich begrüsst, obwohl Jorge sehr irritiert wirkte, als er sah, dass Alfonso sich in Begleitung seiner Tochter befand. Er bat Alfonso in sein Büro und schickte Blanca zwischenzeitlich in den Garten, um dort auf ihren Vater zu warten. Warum die beiden Männer sich ins Büro verzogen und sie draussen bleiben musste, war ihr ein Rätsel. Im Garten fand sie eine riesengrosse Grünfläche, die von wohlriechenden Blumen umrahmt war. Sie kam aus dem Staunen nicht mehr heraus. Sie befand sich in einem kleinen Paradies. Es verging keine Minute, als sie hinter sich Schritte vernahm. Sie blickte zurück und schaute in ein freundliches Gesicht. Ein Junge – er musste etwas älter sein als sie – begrüsste sie mit einer offenen Herzlichkeit. Er stellte sich ihr als Jorges Sohn vor. Blanca war hingerissen von seinen rehbraunen Augen, die sie warmherzig anschauten. Plötzlich schien die Zeit stehen zu bleiben. Noch nie hatte sie mit jemandem so schnell Freundschaft geschlossen. Es war schon fast störend, als ein weiterer Junge aus dem Nachbarhaus zu ihnen in den Garten trat. Die beiden Jungs waren dicke Freunde und verbrachten den grössten Teil ihrer Freizeit miteinander. Bevor sie sich wieder von ihrer neuen Bekanntschaft – den rehbraunen Augen – verabschieden musste, tauschten sie ihre Adressen aus und versprachen sich zu schreiben. Nie hätte Blanca gedacht, dass nach einer derart kurzen Begegnung der Abschied so schwer fallen würde. Einzig die Schmetterlinge im Bauch waren zurück geblieben.

Blancas Gedanken wurden aus der Vergangenheit zurück in die Gegenwart gerissen, als die Durchsage des Flugbegleiters erfolgte, dass man sich bitte anschnallen solle, da die Landung in Kürze erfolgte. Eigentlich wollte sie die Vorteile des Fensterplatzes nutzen, um den Anflug auf Barcelona zu betrachten, als sie bereits die nächsten Gedanken einholten. Wie wäre ihr Leben verlaufen, wenn sie damals schon die Möglichkeit gehabt hätte, den rehbraunen Augen zu mailen oder den Kontakt via Facebook zu pflegen? Wenn ihre Briefe nicht in die falschen Hände geraten wären?

Blanca musste sich zwingen, nicht dauernd in den eigenen Wunden zu wühlen. Sie brauchte ihre Kraft für die Zeit in Spanien, ihre Aufgabe, die Treffen und die Menschen, die für sie in letzter Zeit von grosser Bedeutung geworden waren.

Sie war glücklich und beruhigt, ihre Tochter Marina in Palma zu wissen. Aufgehoben, geborgen und behütet.

9

«Verdammt, verdammt, verdammt, diese verdammten Schmeissfliegen!» Juan sass gegenüber dem Polizeirevier im Cafe Placa und kam erst um zwei Uhr mittags dazu, in der Zeitung zu blättern. Er rief empört in sein Handy: «Wir Idioten führten den ganzen Morgen Verhöre und weder du Lucero noch ich kamen dazu, einen Blick in die Tageszeitung zu werfen.»

Wie konnte es sein, dass so ein Blödmann von Journalist den Vorfall bereits publik machte, bevor eine Pressekonferenz einberufen worden war. Er las Lucero am Telefon vor: «Fettgedruckt steht es auf der ersten Seite: Priester tot. Der Priester, der sich in einer neu eröffneten Galerie an der Nit de l`Art aufgehalten hatte, wurde brutal erschlagen. Polizei tappt noch im Dunkeln, jeder der Besucher könnte der Täter sein ... bla bla bla ... Scheiss Reporter! Ich werde diesen Typen wohl nie auf die Schliche kommen, wie sie es schaffen, so schnell ans Geschehen zu kommen.»

Als Juan sein Telefonat mit Lucero beendet und einen Blick aufs Display geworfen hatte, zeigte es eine ungelesene Nachricht an. Die SMS kam von seiner Schwester: *Hola Cariño, hast du die Tageszeitung schon gelesen? Muchos besos, Elena.*

«Das ist doch wieder typisch Elena», sagte er laut zu sich selber. Warum musste sie sich andauernd in seine Angelegenheiten einmischen? Obwohl er den ganzen Tag noch nichts gegessen hatte, war ihm der Appetit vergangen. Was er jetzt brauchte, war einen Gin.

Lucero kam eiligen Schrittes aus dem Polizeirevier direkt auf ihn zu, setzte sich zu ihm an den Tisch und riss die Zeitung an sich. Der Artikel über den toten Priester liess ihn absolut unbeeindruckt. Sein Kommentar war kurz: «Medien brauchen halt ihre Sensationen, ihre Storys!»

Juan konnte es nicht nachvollziehen, dass der Artikel Lucero unbeeindruckt liess. «Wie kann man dermassen gleichgültig auf so eine Frechheit reagieren», wunderte er sich entrüstet. Luceros Gelassenheit hatte er schon mehrfach bestaunt, sich aber auch gleichzeitig oft darüber geärgert. Manchmal hinterliess er den Eindruck, ihm sei alles egal.

«Lucero, wir sind zur Geheimhaltung zum Schutz der betroffenen Personen verpflichtet, und was machen diese Hohlköpfe von Journalisten? Es ist jedes Mal dasselbe: Während wir bis zum Hals in unserer Funktion beschäftigt sind, nehmen wir diese Ratten nicht mal wahr, wenn sie uns umgeben. Und wenn wir einem von ihnen mal auf den Fuss treten, heisst es sofort, die Polizei sei pressefeindlich. Da könnte ich platzen, verdammt noch mal!» Juan bestellte den nächsten Gin.

Das Einzige was Lucero wirklich fesselte und emotional berührte, war der Sportteil in der Tageszeitung. Die Sportberichte, Sportresultate der spanischen Fussballnationalmannschaft, Real Madrid, FC Barcelona, Interviews der Spieler, Tennis und Nadal. Auch wenn die Nachricht vom Tod eines Pfarrers auf der Titelseite erschien, war sie absolute Nebensache. Erst recht, wenn Real Mallorca kurz vor dem Abstieg stand. Das waren Nachrichten, die das Volk in Aufruhr brachten und die Nerven strapazierten. Tote waren schnell vergessen, jedoch Sportresultate blieben im Langzeitgedächtnis gespeichert. Sichtlich zufrieden mit den heutigen sportlichen Meldungen legte Lucero die Zeitung auf den Tisch zurück, winkte dem Kellner für ein kühles Cerveza und lehnte sich genüsslich in den Stuhl zurück. Er machte sich keine Gedanken, wie die Journalisten es immer wieder schafften, unbemerkt an der Polizei vorbei an ihr Material zu gelangen. Vielmehr hinterfragte er das, was sich ihm soeben vor die Augen stellte. Estrella im

Minirock und nackten Beinen, welche in Wildlederstiefeln steckten, die bis über die Waden reichten. Brennende Sonne, über dreissig Grad Celsius und Stiefel – wie kann man das bloss aushalten? Als auch Juan seine Sekretärin erblickte, meinte er, immer noch sichtlich empört: «Somit wären wir also komplett!» Sarkastisch fuhr er fort: «Nun hockt also das ganze Team trotz Hochbetrieb genüsslich in einer Bar an der Placa Santa Eulalia, vermutlich umgeben von getarnten Reportern und Fotografen. Morgen finden wir dann auf der Titelseite ein Bild von uns dreien mit der Überschrift Policia Nacional klärt den Pfarrermord mittels Gin und Bier auf.»

Estrella blickte kopfschüttelnd zu Lucero und fragte erstaunt: «Was ist denn mit unserem lieben Chef los? Was soll ich denn tun? Den ganzen Morgen komme ich nicht an euch heran, weil ihr ununterbrochen Verhöre führt, während ich non stop Telefonate entgegen nehme, von Bekannten des Toten, die von seiner Hinrichtung aus der Zeitung erfuhren. Man hat mich mit Fragen gelöchert, warum, wieso, wann etc. etc. Ich wäre euch beiden wirklich dankbar, wenn ihr mich zukünftig informieren könntet, damit ich gefasst bin, was mich erwartet, bevor ihr die Sache der Presse weitergibt.»

Das war genau das, was Juan noch gefehlt hatte: eine Leier von seiner Sekretärin.

Machomässig, versteckt hinter seiner dunklen Sonnenbrille, bemerkte er lässig: « Auf jeden Fall. Das machen wir doch gerne, liebe Estrella! Sonst noch was?»

Bevor Estrella etwas erwidern konnte, musste sie sich auch noch eine Bemerkung von Lucero über sich ergehen lassen, der zynisch meinte: «Kann es sein, dass du etwas zu heiss hast in deinen Stiefeln?»

«Cabrón!», verfluchte sie die beiden, bevor sie ihnen einen Zettel auf den Tisch schmetterte, mit dem Kommentar, dies sei die Liste der Personen, die dem Toten nahe standen und mit denen man sich umgehend in Kontakt setzen müsste. Ohne einen weiteren Blick, drehte Estrella sich um und verliess die beiden Richtung Polizeirevier.

«Que guapa unsere liebe Estrella», bemerkte Juan spöttisch und begutachtete die Notiz.

Nebst diversen Pfarrerskollegen des Toten und seiner Haushälterin, bat der Bischof von Mallorca um Kontaktaufnahme.

Aus Juans Hosentasche ertönte der Sound *La mejor parte de mi*. Den Hit von Juanes hatte er gestern dem Kontakt seiner Schwester zugeordnet. Das ersparte ihm jedes Mal, das Handy in die Hand zu nehmen, wenn er keine Lust auf ein Gespräch mit ihr hatte. Trotzdem zog er es aus seiner Hosentasche, als der Sound ertönte. Momentan hatte er einfach keine Nerven auf Juanes' Gesang.

Dass er die Ablehnungstaste mit der grünen Taste verwechselte, erkannte er erst, als aus seinem Telefon ein ziemlich spitzes «Hola» ertönte.

«Digame!»

«Warum antwortest du mir nicht auf meine SMS? Hast die Zeitung gelesen?»

«Ja»

«Und ?»

«Und was?»

«Habt ihr den Mörder schon?»

«Nein»

«Juan, was ist los? Sehen wir uns heute in der Nicolasbar, so gegen zwanzig Uhr?»

Bevor er antworten konnte, kam bereits die nächste Frage: «Wo bist du eigentlich?»

«Im Cafe Placa.»

«Warum im Cafe Placa? Musst du nicht arbeiten? Was

machst du denn dort bloss?»

«Die Zeitung lesen. Adios mi hermana.», war seine knappe Antwort, bevor er auf Beenden drückte.

10

Ich bin die älteste Pfarrkirche von Palma. Lange Zeit war ich die Kathedrale von Mallorca. Ich bin reich an kunsthistorischen Schätzen, die zu den bedeutendsten der Insel zählen. Trotzdem bin ich arm an finanziellen Mitteln. Zu meiner Erhaltung brauche ich dringend deine Hilfe. In der Hoffnung, dass deine Ausgaben nicht dem aktuellen Kaufrausch zum Opfer fallen, bitte ich dich um eine grosszügige Spende für dieses schöne Gotteshaus.

«Dieser Spendenaufruf hängt in der Kirche Santa Eulalia», erzürnten sich die drei Pfarrerskollegen des Toten und streckten den Flyer direkt unter Juans Nase.

«Es ist bloss einer unserer vielen Bitten um Spenden, die wir so dringend für die Erhaltung unserer Kirchen benötigen. Pfarrer Alejandro Savall hatte diesen Spendenaufruf höchstpersönlich verfasst. Umso weniger können wir es verstehen, dass er nach seinem grossen Erbe, das er erhalten hatte, keinen einzigen Rappen für unsere Kirchen spendete. Er investierte sein Geld in eine von ihm gegründete Organisation. Zudem zahlte er seiner Haushälterin, nebst ihrer Miete, quasi einen Managerlohn. Und da fragen Sie Comisario, ob Pfarrer Alejandro Savall beliebt war unter uns Pfarrbrüdern? Er war sicherlich ein guter Mensch, aber wir hatten immer wieder den Eindruck, dass er am falschen Platz war. Er war nicht wirklich mit Hingabe ein Diener Gottes. Seine Passion gehörte nicht dem Gotteshaus und seiner Gemeinde, davon sind wir überzeugt», sprach der älteste der Priester, während die anderen seine Aussage durch ein Kopfnicken bestätigten.

Das Verhör mit den Geistlichen zog sich in die Länge. Es war unverkennbar, dass sich das Mitgefühl für ihren toten Kollegen in Grenzen hielt. Kein Erbarmen, keine Anteilnahme. Möglichst bald einen Ersatz für den Toten zu finden, beschäftigte sie mehr als alles andere. Dass Alejandro nicht eines natürlichen Todes gestorben, sondern Opfer eines brutalen Totschlages geworden war, berührte sie nicht weiter. Gott holt sich seine Schafe auf die Art und Weise wieder, wie sie es verdient hatten. Sie wollten für den Toten beten und ihn in der nächsten Predigt erwähnen. Dies war Anteilnahme und Gnade genug. Als die Gottesdiener das Polizeibüro verliessen, fasste einer von ihnen mit beiden Händen Juans Hand, blickte ihm tief in die Augen und bekundete: «Alejandro war ein geistvoller Mann, er hätte alles werden können, nur nicht Priester.»

Als Juan wieder alleine in seinem Büro sass, war er verwundert, wie wenig er von den Geistlichen erfahren hatte. Zusammenfassend wusste er bloss, dass Alejandro Savall das Erbe seiner Eltern erhalten hatte, welches recht beachtlich sein musste, und dass er sich mit grossem Eifer eine Organisation gegründet hatte, in die er seine Erbschaft steckte. Gleichzeitig hatte er seine Haushälterin grosszügig entschädigt. War sie vielleicht mehr als nur eine Haushaltshilfe gewesen?

Juan rief Lucero zu sich ins Büro. Sie besprachen die nächsten Schritte. Als nächstes wollten sie sich in der Wohnung des Pfarrers umsehen und mit seiner Haushälterin sprechen. Sie entschieden, vorher nochmals den möglichen Tathergang zu rekonstruieren.

Es war eindeutig: Das Opfer wurde von hinten mit einer Flasche Rotwein erschlagen. Der Schlag war mit voller Kraft ausgeführt worden, da die Spuren zeigten, dass ein einziger Schlag zum Tode führte. Vermutlich hatten sich Opfer und Täter alleine auf der Terrasse aufgehalten. Alles deutete darauf hin, dass der Täter im Affekt gehandelt hatte.

Was war der Auslöser gewesen? Wut? Panik?

Die ersten Untersuchungen hatten ergeben, dass die meisten Besucher zur ermittelten Tatzeit bereits gegangen waren, und diejenigen die noch da gewesen waren, sich vermutlich unten im Eingangsbereich aufhielten. Lucero hoffte, dass sich irgendein Nachbar melden würde, der die Tat beobachtet hatte. Schliesslich gab es unzählige Terrassen, Veranden und Fenster, von denen aus man auf die Terrasse der Galerie RR blicken konnte. Er zitierte Juans weise Worte, die er jedes Mal äusserte, wenn sie zusammen einen Fall zu lösen hatten: «Irgendeiner hat immer etwas gesehen oder gehört!»

Juan stützte den Kopf auf seine Hände. Seine Gedanken drehten sich im Kreise. Plötzlich schaute er mit weit aufgerissenen Augen zu Lucero und bemerkte:«Rafael Rodriguez sagte aus, ihm sei aufgefallen, dass der Pfarrer nicht mit einem Weinglas herumging, wie all die anderen Besucher, sondern die ganze Zeit sein Handy in der Hand hielt.»

«Ja und? Heute geht jeder mit einem Handy herum. Ist doch absolut normal», erwiderte Lucero.

«Überlege mal, wir haben weder beim Opfer selber noch in seiner Nähe das Handy gefunden. Entweder hat es der Mörder eingepackt oder nach der Tatzeit war noch jemand auf der Terrasse, der das Telefon entwendet hat.»

11

Marina musste sich stundenlang in der Stadt herumgetrieben haben. Zerstreut schaute sie immer wieder auf ihr Smartphone. Noch immer keine Antwort. Das konnte doch nicht sein! Ihr nächster Blick fiel auf die Überschrift der Mallorca Tageszeitung, die im Zeitungsständer bei dem Kiosk hing, an dem sie soeben vorbei kam.

Priester tot.

Für einen Moment dachte sie, das Gleichgewicht zu verlieren, und im nächsten Augenblick riss sie die Zeitung mit derartiger Wucht aus dem Ständer, dass dieser beinahe umgekippt wäre. Später konnte sie sich nicht mehr erinnern, wie oft sie den Text gelesen hatte.

Priester! Der Leichnam war also ein Priester. Da war sie erst noch bei diesem Comisario gewesen, der ein irres Geheimnis um die Identität des Toten machte, dabei stand es bereits in den Medien. Zwei weitere Stunden war sie ziellos in der Stadt herumgeirrt, bevor sie völlig erschöpft – die Zeitung noch immer in ihrer Hand – nach Hause kam.

Sie hoffte nur eines, jetzt nicht auch noch Barbi über den Weg laufen zu müssen. Sie hatte den ganzen Tag nichts von ihr gehört. Nicht eine einzige Nachricht von ihr auf ihrem Handy. Bestimmt war sie, nachdem sie sich ausgeschlafen hatte, irgendwo unterwegs shoppen oder am Strand. Die Ernüchterung kam, als Marina die Wohnungstür aufschloss und ein penetranter Geruch von Räucherstäbchen sie umnebelte. Aus Barbis Zimmer ertönte indische Mantramusik: *Om Namah Shivaya.* Barbi befand sich im Yogasitz in Meditationshaltung am Boden und gab sich mit geschlossenen Augen der Musik hin.

Konsterniert fragte Marina: «Was ist denn mit dir los!»

Erschrocken öffnete Barbi die Augen und erwachte aus ihrem Schweigezustand. Es verging keine Sekunde und sie befand sich bereits wieder in ihrem bekannten Redefluss. «Hörst du diese schöne Musik? Ein indisches Mantra, ein Gruss an Shiva. Eigentlich bedeutet es soviel wie alles, was du hast oder was du bist, ist gut. Ist das nicht einfach nur wunderschön?»

Marina stand noch immer perplex vor ihrer Freundin und wollte wissen, was in sie gefahren war.

Umschweifend gestand Barbi, dass sie ihr etwas berichten müsse. Sie wusste erst nicht recht, wie sie es ihrer Freundin beibringen sollte. Als dann aber die Unsicherheit entwichen war, schien sie fast vor Glückseeligkeit zu platzen und es sprudelte wie ein Wasserfall aus ihrem Mund. Barbie erzählte, dass sie gestern Abend in der Disco, im Titos, ihrem Seelenpartner über den Weg gelaufen sei. «Stell dir vor, das passiert einem nur einmal im Leben. Wir haben es sofort gefühlt. Unglaublich dieses Prana, das in uns aufstieg, als wir Angesicht zu Angesicht voreinander standen», schwärmte sie in den höchsten Tönen. Marina wunderte sich, mit welchen Wörtern ihre Freundin um sich warf. Seelenpartner! Prana! Konnte sie nicht einfach nur sagen, dass sie sich verliebt hatte? Und dann diese eigenartige Musik! Barbi konnte kaum mehr innehalten. Er sehe zwar nicht gerade wie Brad Pitt aus, aber das sei nicht wichtig, es zählen einzig die inneren Werte. Yogi Vishnu, wie sie ihn nannte, war Meditations- und Yogalehrer, vergleichbar mit einem Guru. Während des ganzen Abends habe er sie über die Philosophie des Yoga gelehrt, welche spannender sei als jeder Krimi.

Marina wollte wissen, was ein Guru in einer überlauten Diskothek gesucht hatte. Barbie war überzeugt, dass er gespürt habe, dass sie dort war – sein zweites Ich. Nur deswegen habe er sich da herein gewagt.

Marina glaubte es nicht, welch ein Schwachsinn aus dem Munde ihrer Freundin kam.

Und dann kam es, das Geständnis, welches Barbi Marina noch schuldig war. Sie werde morgen für die nächsten Tage mit ihm zusammen auf eine Finca im Norden der Insel fahren, wo er einen Yogaworkshop leitete. Da wollte sie teilnehmen und tiefer in seine Welt eintauchen. Marina traute ihren Ohren nicht, dass ihre Freundin sie einfach alleine lassen wollte. Andererseits kam es ihr gelegen, dass Barbi mit diesem Yogalehrer beschäftigt war, obwohl sie nach dem gestrigen Vorfall eine Freundin dringend gebraucht hätte. Nur, was nützte ihr eine Freundin, wenn sie mit ihr nicht über alles sprechen konnte? Am meisten fehlte ihr im Moment ihre Mutter.

Als Barbi aus ihrer Euphorie zurückgekehrt endlich wieder auf dem Boden landete, fiel ihr erst auf, welch wehleidigen Eindruck ihre Freundin machte und sprach sie darauf an: «Ist dir etwas über die Leber gelaufen?»

Marina streckte ihr die Zeitung hin. «Hier unser Toter von gestern, ein Pfarrer.»

Barbi verstand Marinas betroffenes Gesicht nicht und erwiderte: «Deswegen wirkst du so niedergeschlagen? Das ist zwar bedauerlich, doch du musst das vom hinduistischen Standpunkt aus betrachten. Da stirbt zwar der Körper, nicht aber die Seele. Die Seele kehrt in einen neuen Körper ein. Da greift das Prinzip des Karma, das besagt, dass jeder Mensch sein zukünftiges Leben selber bestimmt. Die Seele ist auf ewiger Wanderschaft.»

Nun reichte es Marina. Barbi war definitiv nicht mehr auf dem Boden. Vielleicht war sie ja schon auf dem Weg zur Erleuchtung, dank ihrem Typen. Sie unterbrach ihre Freundin: «Hör auf mit diesem Quatsch! Dieser Mann ist ermordet worden, totgeschlagen mit einer Flasche Rotwein. Das bestimmte er sicher nicht selber. Er ist nicht freiwillig gegangen! Da hat einer gewaltig mitgeholfen!»

Gerade als Barbi mit ihren ideologischen Erklärungen fortfahren wollte, klingelte es an der Haustür. Yogi Vishnu holte seine Verbündete ab.

DIENSTAG
12

Bunt lackierte Heiligenfiguren schmückten die authentisch spanische Pfarrkirche des Heiligen Nikolaus. Der hintere Teil der Kirche war mit dem Pfarrhaus verbunden, an der Placa Mercat. Die Aussenbestuhlung der stadtbekannten Bar Nicolas weitete sich beinahe bis zum Eingang des Pfarrhauses aus. Sassen abends die Stammgäste draussen, blickten sie meist hoch zu den viel zu kleinen Fenstern an der Steinfassade. Stand ein Fenster offen, genügte ein kräftiges Rufen nach Alejandro, und kurz darauf stand dieser unten, um mit seinen Kumpels den Schlummertrunk zu genehmigen.

Lucero keuchte wie ein Hund, als er die steile Treppe hochstieg, die vom Eingang in die Gemächer der Pfarrerswohnung führte. Juan war da ganz klar besser trainiert und wurde als erster von der zierlich kleinen Haushälterin Paulita in der Küche begrüsst. Obwohl die letzten Stunden Spuren in ihrem Gesicht hinterlassen hatten, war sie erfreut, die beiden Polizisten im Haus zu haben. Nach der tragischen Nachricht hatte sie sich völlig hilflos und verlassen gefühlt und war froh über jeden Besuch.

Der spärlich eingerichtete Wohnraum befand sich ein paar weitere Treppenabsätze höher. Er bestand lediglich aus ein paar einfachen Holzmöbeln. Der angrenzende Schlafraum glich einer Kammer mit einem viel zu engen Bad. Obwohl durch das kleine Fenster wenig Licht ins Innere gelangte, herrschte eine gemütliche warme Atmosphäre. Unten in der Küche offerierte Paulita ihrem Besuch einen frisch gepressten Orangensaft.

Lucero wollte wissen, wo sich Paulitas Schlafgemach befand. Sie erklärte ihm, dass sie nur hierher komme, um zu kochen und den kleinen Haushalt zu führen. Sie selber wohne am Rande der Altstadt in einer Zweizimmer-Dachwohnung, von wo aus sie einen wunderbaren Blick zum Meer und den Hafen von Palma hatte.

«Wir müssen Sie leider mit einigen Fragen belästigen», wechselte Juan das Thema.«Wissen Sie, ob Alejandro Savall Feinde hatte?»

Es schien, als erinnerte sie sich an jeden einzelnen Bekannten des Pfarrers. Juan konnte es nicht unterlassen, mit seinen Fingern nervös auf den Tisch zu trommeln.

Endlich kam die erwartete Antwort. «Ich kenne niemanden, der ihm offensichtlich feindselig gestimmt war. Klar gab es immer wieder gehässige Reaktionen, vor allem seitens seiner Berufskollegen, die mit seinen Ansichten und Taten nicht immer einverstanden waren. Aber Feinde, nein das kann ich mir nicht vorstellen. Im Gegenteil: Er hat sich aufgeopfert, hat die Organisation Ilumna gegründet und somit vielen Menschen Hoffnung geschenkt.»

«Was ist das für eine Organisation?», wollte Lucero wissen.

Juans Kopfschütteln und sein Augenverdrehen waren Zeichen genug, dass dieser sich fragte, wie man solch eine Frage stellen konnte, nachdem davon in letzter Zeit ständig in den Tageszeitungen berichtet worden war. Lucero war überzeugt, dass Juan ihm einmal mehr den Vorwurf machen würde, seine Allgemeinbildung würde sich nur auf Sport beschränken und er ihn nun bestimmt belehren würde, dass es auf diesem Planeten auch noch anderes Wissenswertes gab. Juan liess ihn jedoch im Ungewissen, denn er wollte sich nicht länger mit Erklärungen aufhalten.

Er bemerkte lediglich an Paulita gewandt: «Gute Sache, welcher sich Alejandro da gewidmet hatte, beeindruckend.»

Lucero wagte nicht, erneut nachzufragen und starrte auf

den Boden.

Die beiden Polizisten wechselten noch einige belanglose Worte mit Paulita, bevor sie diese baten, sich im Wohnzimmer von Alejandro umsehen zu dürfen.

Ausser ein paar unwichtigen Akten, fein säuberlich abgelegt und ordentlich beschriftet, gab es ein ganzes Gestell voll schwarzer schmaler Notizbücher mit handgeschriebenen Predigttexten. In einer separaten Ablage, beschriftet mit Ilumna, befanden sich Unterlagen der Organisation. Ein älteres Modell eines Laptops lag auf dem Schreibtisch. Juan erlaubte sich, ihn aufzustarten und machte, ausser einigen kirchlichen Texten, keine bedeutsamen Funde. Selbst im Mailprogramm zeigte sich Alejandros Liebe für Ordnung. Es gab keine neuen oder gelesenen Mails.

Alles war gelöscht.

In Alejandros Schlafgemach stand ein hohes Holzbett mit weisser Bettwäsche. Ausser dem Nachttisch mit einer einfachen Leselampe darauf, gab es nur noch einen schmalen eingebauten Kleiderschrank. Ausser Kleidern fand er keine persönlichen Dinge. Nicht einmal eine Bibel auf dem Nachttisch. Juan wollte soeben das Zimmer verlassen, als er sich, unter der Tür stehend, nochmals umdrehte. Er bückte sich, um einen Blick unter das Bett zu werfen. In der hintersten dunklen Ecke entdeckte er eine Schachtel. Er zog sie hervor und musste erst eine dicke Staubschicht abwischen, bevor er lesen konnte, was darauf stand. *Privat.* Darin befanden sich lose handgeschriebene Briefe ohne Umschlag. Nach dem Aussehen des Papiers zu urteilen, mussten sie mehrere Jahre alt sein. Unter den Briefen kamen zwei Schwarzweissfotos zum Vorschein. Auf dem einen befand sich ein ansehnliches, herrschaftliches Herrenhaus, auf dem anderen eine blutjunge Frau mit langen Haaren. Dies schienen die einzigen persönlichen Habseligkeiten des Toten gewesen zu sein. Juan nahm die Schachtel mit.

Lucero schlenderte schweigend neben Juan mit nachdenklichem Blick zurück Richtung Polizeirevier. Nach ein paar Metern unterbrach Juan das Schweigen: «Spielst du jetzt die beleidigte Leberwurst, weil ich dich nicht aufklärte, um welche Organisation es sicht handelt?»

Lucero schüttelte bloss den Kopf, schwieg noch einen Moment, bevor er Juan verriet, dass ihn etwas ganz anderes beschäftige.

«Und das wäre?», wollte Juan wissen.

Lucero bemerkte immer noch grübelnd: «Ich habe das Gefühl, dass ich Paulita kenne. Ihr Gesicht kommt mir bekannt vor. Ich bin fast sicher, ihr schon mal begegnet zu sein. Nur kommt mir einfach nicht in den Sinn, wo. Jedenfalls ganz bestimmt nicht irgendwo im Zusammenhang mit der Kirche oder einem Pfarrer.»

13

Nachdem die beiden Polizisten das Pfarrhaus verlassen hatten, gingen Paulita tausend Dinge durch den Kopf. Sie musste sich um Alejandros Begräbnis kümmern. Wer sonst hätte dies in die Hand nehmen sollen? Seine Eltern lebten nicht mehr, und ansonsten gab es keine weiteren Verwandten. Eine ehrwürdige Bestattung war sie ihm schuldig, denn ohne ihn wäre ihr Leben in viel armseligeren Bahnen verlaufen.

Nach dem Bericht in der Zeitung erhielt Paulina fast ununterbrochen Telefonanrufe von Mitgliedern der Ilumna, die ihr Bedauern ausdrückten, heulten und sich erkundigten, wie es nun weitergehen würde.

Als Paulita endlich das Nötigste erledigt hatte und aufgeregt aus dem Haus stürmte, stiess sie beinahe mit Marina zusammen. Sie konnte sich sofort an ihr Gesicht erinnern, obwohl sie ihr nur einmal vor einem Jahr begegnet war. Sie war damals mit ihrer Mutter an ein Treffen der Stiftung gekommen und hatte den ganzen Abend alleine abseits an einem der Tische verbracht und darauf gewartet, bis Blanca ihre Gespräche mit den Teilnehmern beendet hatte.

Überrascht rief sie «Marina, du hier? Um Himmels Willen, weisst du schon, was geschehen ist?»

Marina erklärte mit aufgeregter Stimme, dass sie es war, die Alejandros Leiche entdeckt hatte. In kurzen Sätzen schilderte sie, wie sich die Sache zugetragen hatte. Paulita fasste es kaum, dass ausgerechnet Blancas Tochter den Toten entdeckt hatte. Solch ein Zufall. Paulita berührte kurz Marinas Schulter so, als wollte sie ihr Kraft und Trost spenden.

Marina fragte Paulita, ob sie für einen Moment in Alejandros Wohnung kommen dürfe. Paulita bedauerte, dass sie ihr die Bitte mit der Begründung abschlagen musste, dass die Polizei angeordnet habe, niemanden in die Räume zu lassen. Die Enttäuschung war Marina anzusehen. Gerne hätte sie sich noch eine Weile mit Paulita unterhalten, doch draussen auf der Strasse hatte sie keine Lust dazu. Marina war bereits um die Ecke verschwunden, als Paulita sich fragte, ob Blanca schon über Alejandros Tod informiert worden war. Sie hatte vergessen, Marina danach zu fragen.

Vor dem mächtigen Kirchentor stehend, zögerte Marina ein paar Sekunden, bevor sie die schwere Tür öffnete und eintrat. In einer Nische sass ein Bettler auf dem Boden. Er hatte sich vor einem Jahr schon am selben Platz befunden, als Marina das erste Mal die Kirche betrat. Ehrfürchtig ging sie Schritt für Schritt Richtung Altar bis zur vordersten Bankreihe. Genau hier hatte sie schon damals gesessen und der Messe beigewohnt. Die Erinnerungen kamen hoch. Das Amen war schon längst gesprochen gewesen, der Segen den Kirchgängern mit auf den Weg gegeben, als sie noch alleine in dem Gotteshaus sass und die Worte der Predigt in ihr nachhallten.

Sie erinnerte sich nicht mehr, wie lange sie dort gesessen hatte, bis sie bemerkte, dass er vor ihr stand. Was dann geschehen war, blieb ihr ganz persönlicher Segen.

14

Überdimensional grosse Weinflaschen an den Strassen wiesen auf die diversen Weingüter in der Weinstadt Binissalem hin. Der Wagen der Policia Nacional zweigte in die Seitenstrasse ab, die zu Sanchos Gut führte. Das Steinhaus und die Schafe, die zwischen den Rebstöcken weideten, deuteten in keiner Weise darauf hin, dass hier einer der besten Weine der Insel produziert wurde. Erst vor dem Eingangstor bemerkte man, wo man sich befand. Über dem Torbogen, in Stein gemeisselt, stand: *Am Anfang war die Traube.*

Auch während des Sommers gab es immer viel Arbeit auf dem Weingut. Triebe mussten zurückgeschnitten, die Reben vor Krankheiten geschützt, gejätet und bewässert und die Wühlmäuse gefangen werden.

Juan und Lucero überquerten den Innenhof, der direkt in einen grossen Raum führte, wo ihnen ein Arbeiter erklärte, am Ende des Hofes befinde sich die Küche und dort würden sie den Winzer treffen. Sancho sass zusammen mit Gabriel an einem grossen Tisch, in ein angeregtes Gespräch versunken. Juan war erfreut, gleich beide zusammen hier anzutreffen. Das würde ihnen einen weiteren Weg ersparen.

Es war Gabriel, nicht Sancho, der die beiden an den Tisch bat und ihnen ein Glas des wuchtigen schwarzroten Weines anbot. Auf diesen Schluck hatte Lucero den ganzen Weg lang gehofft. Sancho, ein kräftig gebauter Mann, war sehr zurückhaltend und unübersehbar ein extrem scheuer Mensch. Seine Augen wirkten eher verloren. Wenn möglich vermied er den Blickkontakt. Gabriels Charakter war das genaue Gegenteil. Er war ein offener und gesprächiger Mensch. Trotz seines Erfolgs und Ruhms, war er immer realistisch geblieben, was ihn noch sympathischer machte, als er eh schon war. Eigentlich erstaunlich, dass Sancho und Gabriel als Team so fantastisch funktionierten. Nicht nur ihre Charaktere waren grundverschieden, auch ihr Äusseres hätte unterschiedlicher nicht sein können. Sancho war kräftig und breit gebaut und meist etwas ungepflegt mit seinen strähnigen halblangen Haaren. Gabriel war das pure Gegenteil: schmächtig, mit kurzgeschnittenen Haaren, die mit etwas Gel frisiert waren.

Das Gespräch ergab keine aufschlussreichen Ergebnisse. Beide erinnerten sich nicht, an jenem Abend den Pfarrer bedient zu haben. Er war ihnen auch nicht aufgefallen, es hätte eindeutig zu viele Besucher gehabt. Sie hatten auch sonst nichts Verdächtiges gesehen oder gehört, was auf den Mord hingewiesen hätte. Nach Mitternacht ungefähr, kurz vor ein Uhr, hatten sie die Galerie verlassen, nachdem sie ihr Material zusammengeräumt in einem kleinen Hinterraum deponiert hatten. Die Frage, ob sie gemeinsam weggegangen waren, verneinten sie. Allerdings wusste keiner der beiden, wer zuerst aufgebrochen war.

Auf die Bitte hin, sich noch auf dem Gut umsehen zu dürfen, begleitete Sancho die beiden etwas widerwillig. Im Korridor, der von der Küche zu den Zimmern führte, hingen beidseitig Fotos von Kreuzfahrtschiffen. Unterhalb der Bilder befanden sich schmale goldene Metalltafeln, auf denen der Name des entsprechenden Schiffes eingraviert war.

«Haben Sie einen besonderen Bezug zu diesen Passagierschiffen?»; erlaubte sich Juan die Frage.

«Es ist mein grösster Traum, auf einem dieser Schiffe irgendwann eine Reise zu unternehmen. Wenn ich in Palma bin, bewundere ich immer wieder diese imposanten Kreuzfahrtschiffe, die dort im Hafen ankern.» Sanchos Schüchternheit war wie weggeblasen. Er geriet ins Schwärmen und bevor er jedes einzelne Schiff kommentieren konnte, drängte Juan ihn weiterzugehen.

Die Einrichtung im ganzen Haus war sehr spartanisch und eher trostlos für ein derartig berühmtes Weingut. Es war offensichtlich, dass hier die Frau im Hause fehlte. Lucero erlaubte sich dennoch die Frage, ob er verheiratet sei oder alleine lebe.

Da war sie wieder – die Traurigkeit in seinen Augen.

«Die Liebe war mir nie vergönnt. Ich pflege lediglich eine Beziehung – die zu meinen Reben. Nicht umsonst steht auf meinen Weinflaschen der Name Amante de Sancho, was soviel wie Geliebte von Sancho bedeutet.»

Nach einem kurzen Rundgang durch die Weinkeller verabschiedete sich Sancho von den beiden mit einem viel zu kräftigen Händedruck, der verriet, dass dieser Mann gewohnt war, hart zu arbeiten.

Gabriel stand draussen im Hof neben seinem Auto. Lucero deutete ihm, noch einen Moment zu warten. Noch eine Frage brannte ihm auf der Zunge. Er wollte von dem Koch wissen, wie er es schaffte, mit einem introvertierten, unnahbaren Menschen wie Sancho zusammen zu arbeiten.

Gabriel musste schmunzeln. «Sie glauben nicht, wie oft man mich das schon fragte. Sancho ist einer der zuverlässigsten und arbeitsamsten Menschen, die ich kenne. Schon früh hatte er gelernt anzupacken. Ich lernte ihn erst kennen, nachdem seine Eltern gestorben waren. Das Gut war zu ihren Lebzeiten eher heruntergewirtschaftet. Der Wein, den sie produzierten, war nur ein einfacher Tafelwein. Erst nach dem Tod seiner Eltern brachte Sancho neuen Wind in den Betrieb. Man hatte fast den Eindruck, als blühte er auf. Seit ich ihn kenne, gilt seine ganze Leidenschaft seinen Reben. Sein heutiges Produkt und dessen Ruf kennen Sie ja. Meine Spezialitäten, kombiniert mit seinem Rebensaft, sind eine ideale Ergänzung und mittlerweile von grosser Beliebtheit. Unsere Beziehung beschränkt sich auf unsere gemeinsame Arbeit. Privat kenne ich ihn leider kaum, sofern es so etwas wie Privatleben bei ihm gibt. Sie sehen ja, er ist ein sehr verschlossener Mensch.»

Nachdem Juan und Lucero von Gabriel noch wissen wollten, wo er zur Zeit arbeite und wie er erreichbar sei, instruierte dieser die beiden, dass er neben mehreren privaten und öffentlichen Anlässen während des Sommers in einem Landhotel im Landesinneren koche. Er musste Juan versprechen, sich für weitere Fragen zur Verfügung zu halten und ihn zu informieren, falls er vereisen wollte. Gabriel empfand es als Beleidigung, dass er die Policia Nacional in Kenntnis setzen musste, sollte er die Insel verlassen. Es war beinahe so, als gehörte er in den Kreis der Verdächtigen im Fall Alejandro Savall.

«Ach, übrigens, eine Frage noch: Kannten sie Pfarrer Alejandro Savall schon von früher oder sind Sie ihm an der *Nit de l`Art* das erste Mal begegnet?», fragte Lucero.

Gabriel überlegte kurz und antwortete: «Ich bin mir nicht sicher, ich glaube ich hatte ihn schon mal in der Obdachlosenküche gesehen, wo ich gelegentlich im Datum abgelaufene Lebensmittel hinbringe. Bin mir aber nicht sicher.»

«Zeter und Mordio!», schrie Lucero, langte sich an den Kopf und brüllte aufgebracht: «Obdachlos, das ist es!»

15

Elena Banderas Gemüt war von einer permanenten Fröhlichkeit wie sie nicht viele Menschen besitzen. Sie unterhielt unentwegt ihre beiden Arbeitskolleginnen und Kunden, lachte und kicherte dauernd und scherzte. Sie gehörte zu den Personen, die man sofort ins Herz schloss und liebte.

Das Manicure-Pedicure-Studio befand sich in der Gasse, die zur Placa Chopin führte. Mit drei bequemen Ledersesseln, zwei Glastischchen und einer kleinen Empfangstheke war der eher kleine Raum gefüllt. Eine enge Wendeltreppe führte in den oberen Stock, wo in einer Ecke der Bürotisch des Chefs stand. Eine noch engere und steilere Treppe verband den Behandlungsraum mit dem dunklen Keller, der gleichzeitig als Pausenraum diente.

Das kleine Studio lebte – nebst den Touristen – auch von vielen spanischen Stammkunden. Nebst Elena gab es zwei weitere Angestellte, die seit mehreren Jahren dort arbeiteten. Punkt siebzehn Uhr öffnete sich die Tür und Senora Rosita Alvarez stand, wie jeden Dienstag, im Studio. Nach einem «Hola chicas» steuerte sie geradewegs auf ihren Ledersessel zu, der wie immer für sie reserviert war. Elena freute sie sich jede Woche auf die quirlige achtzigjährige Frau. Zwischenzeitlich war sie so etwas wie ein Mutterersatz für Elena geworden. Sie hatte, ausser ihrem Bruder, niemanden sonst, der ihr familiär nahe stand. Den Mann für ihr Leben hatte sie noch nicht gefunden. Sämtliche ihrer Beziehungen waren irgendwann im Sand verlaufen.

Wie immer wurde Rosita zuerst ein Kaffee serviert, und dann bekam sie die neuste Zeitschrift in die Hand gedrückt, obwohl sie nie dazu kam, darin zu lesen. Erst musste man ihr den roten Lack entfernen, danach folgte Feilen, Nagelhaut entfernen, kurze Handmassage und dann wurden erneut mit derselben knallroten Farbe die Nägel bepinselt.

Elena wunderte sich immer wieder von Neuem, wie rüstig und geistig aktiv die alte, elegante Dame war. Sie lebte alleine in einer grossen, fast palastähnlichen Wohnung im obersten Geschoss. Der Eingang zu ihrem Haus befand sich bloss einige Schritte neben dem Nagelstudio. Fünf Kinder hatte Rosita grossgezogen, die alle auf der ganzen Welt verteilt lebten. Seit dem Tod ihres Gatten im letzten Jahr, lebte sie alleine in der viel zu grossen Wohnung, zu der eine ebenso prachtvolle Dachterrasse mit Sicht bis zum Meer gehörte. Rosita war ein Nachtmensch. Mit ihren achtzig Jahren empfand sie den Sommer zu heiss. Tagsüber verzog sie sich meistens in ihr verdunkeltes Schlafzimmer und hielt einige Stunden Siesta. Umso mehr genoss sie ihre Terrasse, die nachts zu ihrem zweiten Wohnzimmer geworden war. Stundenlang konnte sie in ihrem bequemen Gartensessel sitzen und über die Dächer der Stadt blicken. Hier oben fand ein eigenes Leben statt, eines, das weit entfernt war von Touristenschwärmen, Geschäftstreiben und vollen Restaurants. Auf der Höhe der Dächer wurde man umhüllt vom angenehmen mediterranen Duft und einem Hauch des feinen Windes. Hausfrauen hängten ihre Wäsche an die Leinen und liessen sie an der Sonne trocknen. Ab und zu wurde auf einer der Terrassen gefeiert. Nur eine einzige erinnerte an eine kleine Oase mit dem Schwimmbecken und den Pflanzentöpfen: Es war das Domizil einer Ausländerfamilie, die ab und zu ihre Urlaubstage dort verbrachte.

Rosita und Elena gelangten innert Kürze zum aktuellen Thema. Elena berichtete, dass ihr Bruder ein paar Tage Ferien verdient hätte, nun aber mit dem Tod des Pfarrers so tief in der Arbeit stecke, dass er nicht einmal mehr auf ihre Telefonanrufe antworte.

«Ach, das sollte doch nicht so schwer sein, diesen Totschläger zu fassen, das war doch bestimmt der eifersüchtige Freund oder Ehemann dieser Frau!», belehrte Rosita sie.

«Welcher Frau?», wollte Elena wissen.

«Keine Ahnung, wer sie war. Jedenfalls habe ich sie zusammen mit dem Pfarrer gesehen.»

«Wo gesehen, wann gesehen?» Elena platzte fast vor Neugierde.

Unterdessen waren alle anderen Kunden in dem Salon hellhörig geworden. Keine schien so ernsthaft, wie es den Eindruck hinterliess, in ihre Zeitschrift vertieft zu sein.

«Wie du ja weisst, Elena, verbringe ich die halbe Nacht auf meiner Terrasse. Die Weitsicht, die ich von dort habe, kennst du ja. Am Wochenende ist meistens irgendwo auf einer der Terrassen eine Party. Ich liebe es, da zuzuschauen. Es ist viel interessanter, als in die TV-Kiste zu gucken. Bereits am frühen Abend war die kleine Dachterrasse voll mit Leuten. Da wurde geschwatzt, gelacht, getrunken. Je später der Abend wurde, umso sporadischer tauchte mal einer auf dem Dach auf. Um eine Zigarette zu rauchen oder um frische Luft zu schnappen. Kurz danach verschwanden sie wieder nach drinnen. Dann stand da auf einmal einer im Priestergewand und schaute ununterbrochen in dieselbe Richtung. Irgendwann mal später, war er nicht mehr alleine. Neben ihm stand eine junge Frau.

«Kannst du dich erinnern, um welche Zeit du den Pfarrer mit dieser Frau gesehen hast?»

Rosita dachte kurz nach: «Keine Ahnung. Ich schätze, es muss irgendwann gegen Mitternacht gewesen sein. Als er alleine war, hielt er irgendetwas in der Hand, mit dem er sich beschäftigte. Ich fragte mich noch, was macht der denn da?»

«Kann es ein Getränk gewesen sein?»

«Nein, meine Augen sind zwar nicht mehr die jüngsten,

doch in die Ferne sehe ich noch recht gut. Nein, es sah nicht so aus, als wäre es ein Glas.»

Elena überlegte, was das bloss gewesen sein könnte, als die Dame auf dem Nachbarstuhl meinte, das sei bestimmt ein Handy gewesen. «Heutzutage läuft doch jeder mit seinem Handy in der Hand rum.» Dass die Jugendlichen sich permanent mit ihren Smartphones beschäftigten, war logisch – aber ein Pfarrer?

«Ja, das wäre möglich», erwiderte Rosita und fuhr fort: «Auf jeden Fall stand plötzlich diese junge Dame bei ihm. Sie unterhielten sich kurze Zeit, ab und zu legte er seinen Arm um ihre Schultern. Doch auf einmal lagen sie sich in den Armen. Ist doch wieder typisch. Man liest ja ständig in den Zeitschriften über die heimlichen Liebschaften der Gottesmänner. Ich wollte mir das nicht länger ansehen, ich hätte mich nur aufgeregt, und das kann in meinem Alter sehr gefährlich sein. Also nahm ich eine Schlaftablette und ging dann ins Bett.»

«Rosita, wie kannst du ins Bett gehen, wenn man so etwas beobachtet? Das ist ja, als würdest du im spannendsten Moment einen Film abstellen», ereiferte sich Elena. «Das musst du sofort der Polizei melden oder noch besser, ich rufe gleich Juan an.»

Sie erreichte ihn nicht. Wie in den letzten Tagen schien ihr Bruder zu beschäftigt zu sein, um ihren Anruf entgegenzunehmen.

16

Juan fuhr mit überhöhtem Tempo zurück Richtung Palma. Er hatte keine Lust, diesen Abend mit Arbeit zu verbringen und hoffte dennoch auf die Laborbefunde, wenn er in seinem Büro eintraf.

Seine Gedanken kehrten immer wieder zu Marina zurück. Gab es noch eine dringende Frage zu ihrem Leichenfund, die er möglichst heute noch von ihr wissen musste? Wo war sie wohl in diesem Moment? Eigentlich gab es hundert Dinge, die er gerne von ihr wissen wollte, allerdings nicht das, was den aktuellen Fall betraf. Vielmehr wünschte er sich, ein wenig in ihrem Privatleben zu schnüffeln. Sollte er es wagen, sie einfach anzurufen und sie zum Nachtessen einzuladen? In den neuen Beachclub am Stadtrand? Anima Beach wäre genau richtig: romantische Beleuchtung, feines Essen, entspannte Hintergrundmusik und der lichtvolle prächtige Blick in die Hafenbucht von Palma.

Lucero, der ebenfalls seinen Gedanken nachhing und während der ganzen Fahrt noch kein einziges Wort gesprochen hatte, klopfte wie aus heiterem Himmel kräftig auf Juans Schulter, der das Ausscheren seines Wagens auf die Gegenfahrbahn in letzter Sekunde vermeiden konnte.

«Bist du noch bei Sinnen? Was sollte das eben?»

«Sorry, tut mir leid, das wollte ich nicht, aber du glaubst es nicht, bei mir hat's im Kopf klick gemacht», platzte es aus Lucero.

«Was willst du damit sagen?», wollte Juan wissen.

«Ich weiss jetzt, woher ich Paulita kenne. Ich weiss nun, warum sie mir so bekannt vorkam.»

«Na, los, erzähl schon!», flehte Juan erwartungsvoll.

«Sie war einer der Obdachlosen, die man tagtäglich in der

Stadt sah.»

«Weisst du, was du da sagst? Du musst dich irren!»

«Nein, ich weiss es genau. Ich weiss sogar, wo sie ihren Schlafplatz hatte. An der Hauptgasse der Born, im Eingangsbereich eines Luxuskleidergeschäfts. Ich hatte mich mehrfach gefragt, warum die Policia local sie dort schlafen lässt.»

«Bist du dir da wirklich sicher?»

«Absolut!»

«Da hat sie ja eine unerhörte Karriere hinter sich. Von der Obdachlosen zur Pfarrershaushälterin», bemerkte Juan verwundert mit einem spöttischen Unterton. Sie konnten es beide kaum fassen.

Es war drückend heiss in dem Auto ohne Klimaanlage. Lucero trocknete ständig seinen Schweiss von der Stirn. Er lechzte nach einem Cerveza, doch Juan liess sich für einen kleinen Zwischenstopp in einer Bar nicht überreden. Er schien es eilig zu haben, möglichst schnell ins Polizeirevier zu kommen.

Während er sich in sein Büro begab, beorderte er Lucero, sich nach den Laborbefunden zu erkundigen. Er schloss die Tür, was eher unüblich war, nahm all seinen Mut zusammen und wählte Marinas Telefonnummer. Bereits nach dem zweiten Klingeln vernahm er ihre sympathische Stimme am anderen Ende. Ohne Umschweife teilte er ihr mit, dass sein Anruf privater Natur sei und er sie gerne zum Nachtessen einladen würde. Marina schien sich über die Einladung hörbar zu freuen. Obwohl sie einerseits froh war, dass Barbi mit ihrem Yogi verschwunden war, fühlte sie sich andererseits etwas einsam. Einen Abend mit dem gutaussehenden Polizeibeamten war das Beste, was ihr momentan geschehen konnte.

Sie verabredeten sich um zwanzig Uhr im Anima Beach Club. Juan war erleichtert, dass er nicht gegen eine Wand stiess und sie gleich zusagte. Am liebsten hätte er einen Freudentanz auf seinem Schreibtisch vollführt. Er schwebte für einen Augenblick auf Wolke sieben. Das kurze Klopfen an der Tür holte ihn wieder in die Realität zurück. Es war Lucero, der ohne Aufforderung eintrat und sich über die geschlossene Tür wunderte.

Ein strahlender Juan blickte ihm entgegen: «Na was sagen denn unsere Laborfreunde?»

Leicht verwundert fragte sich Lucero, was hinter der verschlossenen Tür geschehen war, und was die plötzlich heitere Laune seines Chefs ausgelöst hatte. Er setzte sich und berichtete, was ihm die Leute aus dem Labor mitgeteilt hatten.

«Alejandro Savall ist eindeutig am Schlag mit der Flasche auf den Hinterkopf gestorben. Wie vermutet, liegt ein Schädeltrauma vor. Die Platzwunde war relativ gross, deshalb das viele Blut. Der Schlag war derart heftig, dass die Möglichkeit besteht, dass der Mörder sich durch herumfliegende Splitter ebenfalls verletzt haben könnte. Bestenfalls bekam er ganz sicher einige Weinspritzer an seine Kleidung ab.»

«Es muss ganz klar eine Handlung im Affekt gewesen sein», bemerkte Juan, «da ein Schlag auf den Kopf nicht immer tödlich enden muss. Das heisst also, es war mit grosser Wahrscheinlichkeit keine geplante Tat.»

Das Merkwürdige an der Sache ist», fuhr Lucero fort, «dass man am abgebrochenen Flaschenhals, den man am Boden neben den Splittern gefunden hatte, keine Fingerabdrücke fand.»

«Das erscheint mir tatsächlich etwas ominös», musste Juan zugeben. «Hat der Mörder die Abdrücke abgewischt und den Flaschenhals wieder auf den Boden geworfen?»

«Da wäre noch die Schachtel, die wir unter Alejandros Bett gefunden haben und die wir mal etwas genauer unter die Lupe nehmen müssten», meinte Lucero.

Eigentlich hätte Juan jetzt lieber Feierabend gemacht, um

sich für sein Date vorzubereiten. Leider konnte er es sich als Chef nicht leisten, mitten in den Ermittlungen zusätzliche Stunden frei zu nehmen.

Die Briefe waren in einer schönen schwungvollen Schrift geschrieben. Gewidmet an *mi amor*.

Dem Inhalt entsprechend musste es sich um eine weibliche Person handeln, die sich mit Duzenden von Küssen, ohne Namen, nur mit *tu corazón* kennzeichnete.

Der Inhalt der Briefe enthielt, ausser Liebesbekenntnissen, keine aufschlussreichen Informationen. Die Zeilen beinhalteten Worte des Begehrens und der Sehnsucht. Der oberste Brief in der Schachtel enthüllte, dass die Absenderin es kaum erwarten konnte, bis ihr Geliebter sie in Palma besuchen kam. Keines der Schreiben war mit einem Datum versehen. Juan schätzte, dass sie in den Achtzigerjahren geschrieben worden waren, als Alejandro sich im blühenden Alter befand und Briefe noch liebevoll von Hand geschrieben wurden. Nicht wie heute per Mail.

Unterdessen war es tatsächlich Zeit zum Gehen. Das hatte es schon lange nicht mehr gegeben, dass Juan nach Hause ging, ohne vorher mit Lucero zusammen in einer Bar ihr obligates Glas Weisswein zum Arbeitsschluss trinken zu gehen.

Juans Mobiltelefon meldete sich mit *La mejor parte de mi* an. Wenn er den Anruf jetzt nicht entgegennahm, würde sie den ganzen Abend versuchen, ihn zu erreichen. Darauf konnte er heute verzichten. Elena erkundigte sich nach seiner Arbeit und wollte wissen, wie weit er mit seinem Fall war. Als er ihr erklärte, es gäbe nichts, das er ihr zu berichten hatte, und selbst wenn es das geben würde, es immer noch interne Polizeisache war. Sie gab keine Ruhe und war der Meinung, es müsse doch etwas geben, das er ihr verraten konnte. Sie bohrte weiter, ob denn schon alles geklärt sei oder ob es noch ungeklärte Fragen gäbe. Sie strapazierte wieder einmal seine Nerven. Um dem ganzen ein Ende zu bereiten, meinte er: «Ja, es gibt noch einen grossen Berg von offenen Fragen. Zum Beispiel, warum auf dem Flaschenhals, respektive der Tatwaffe keine Fingerabdrücke zu finden sind. Du kannst dir über dieses Rätsel mal deine Gedanken machen.»

Da musste sie keine Sekunde lang nachdenken. Die Antwort kam wie aus einem Kanonenschuss. «Weil der Mörder Handschuhe trug.»

«Bingo!» Womit das Gespräch beendet war.

Elena ärgerte sich, dass sie schon wieder nicht zu Wort gekommen war, um ihm zu berichten, weshalb sie ihn überhaupt angerufen hatte.

Noch zweimal ertönte die bekannte Melodie aus Juans Hosentasche, die er jedoch beide Male mit der roten Taste beendete.

17

Die Bucht von Palma präsentierte sich mit azurblauem Himmel, weissen Segeln, die sich auf dem türkisfarbenen Meer bewegten, und zwei mächtigen Kreuzfahrtschiffen im Hafen. Im kürzlich neu eröffneten Anima Beach Club am Stadtstrand Can Pere Antoni konnte man sich diesem grandiosen Panorama hingeben. Die grosse Terrasse war mit modernen Designermöbeln, bequemen Hängematten und einladenden Sonnenliegen ausgestattet. Witzige Fransensonnenschirme spendeten den nötigen Schatten. Kühlende Drinks wurden an der futuristisch gestalteten Bar, die von Palmen umrahmt war, ausgeschenkt.

Einen idealeren Platz für ein erstes Treffen hätte Juan nicht wählen können. Abends wurden die Tische geschmackvoll weiss gedeckt, mit Kerzen bestückt, deren Licht, kombiniert mit den Beleuchtungen der Palmen, dem idyllischen Ambiente zusätzlich einen Zauber von Romantik verliehen. Juan und Marina sassen an einem Tisch in erster Reihe direkt zum Meer. Eine harmonische Verbundenheit umgab die beiden. Die Zeit anhalten zu können, war das einzige, was sie sich wünschten. Obwohl ihr gewählter Rotwein Cabernet Sauvignon ein idealer Begleiter zu Rind oder Lamm gewesen wäre, genossen sie ihn zu einer exzellenten Fischplatte. Mit jedem Glas Wein verfielen die beiden in ein angeregtes Gespräch. Es gab nichts Spannenderes, als jemanden neu kennenzulernen. Sie sprachen über ihr Leben, ihre Vergangenheit, ihre Vorlieben und Träume, plauderten über ihre Studienjahre, die Hobbys und ihre Zukunft. Als Marina mitteilte, dass sie nach ihrem Studium im nächsten Jahr beabsichtige, nach Palma zu übersiedeln, überkam Juan ein Hochgefühl.

Der Umstand – der Todesfall des Priesters –, dem sie es verdankten, dass sie sich überhaupt kennengelernt hatten, wurde den ganzen Abend lang nicht ein einziges Mal erwähnt. Sie verloren keinen Gedanken daran. Der Abend gehörte nur ihnen beiden.

In der Dunkelheit leuchteten die Lichter der Stadt. Das letzte Kreuzfahrtschiff, das sich bis anhin noch im Hafen befunden hatte, bewegte sich hinaus auf das offene, dunkle Meer. Als nur noch ein kleiner Lichtpunkt am Horizont zu erkennen war, legte Juan seinen Arm um Marinas Schultern. Eine halbe Stunde später schlenderten sie gemeinsam durch die Gassen der Altstadt, um im Zentrum noch ein letztes Glas Wein zu trinken.

Die Gassen waren nachts mit malerischen Laternen beleuchtet. Sie verstrahlten ein warmes gelbes Licht. Viel zu schnell waren Juan und Marina zurück; sie hätten noch stundenlang flanieren können. Am Ende der Borne lag eine kleine gemütliche Wein-Bar. Vollbeladene Weingestelle zierten die Wände. Wohin das Auge reichte, entdeckte man Weinflaschen aus verschiedenen Regionen. Davor standen robuste, schmale und hohe Holztische mit je zwei fast ebenso hohen Höckern. Der ideale Ort für den letzten Trunk. Juan und Marina sassen vor ihren grossen Rotweinkelchen. Genau zu dem Zeitpunkt, als sie das Glas in die Hand nahmen und ihren ersten scheuen Kuss zum Anstossen wagten, betrat Elena, zusammen mit einer Freundin, die Bar.

Überschwänglich heiter und temperamentvoll, wie man es von ihr kannte, stürmte Elena mit einem lauten «Querido» auf ihren Bruder zu, umarmte ihn stürmisch und drückte ihm einen dicken Kuss auf die Wange.

Ein flaues Gefühl ergriff Marina.

Juan musste sich zusammenreissen, um nicht vor Marina seine andere Seite zu zeigen. Am liebsten hätte er seine Schwester auf der Stelle und eigenhändig aus der Bar hinaus befördert. Ihm blieb nicht einmal die Zeit, um sie Marina vorzustellen, da diese, ohne Luft zu holen, ihm zu verstehen gab, dass sie erneut versucht habe, ihn anzurufen.

«Ich habe Neuigkeiten, die deinen Fall betreffen», sprudelte es aus ihr heraus.

Juan wäre am liebsten aus der Haut gefahren. Wenn er etwas nicht wollte, war es, jetzt an seine Arbeit erinnert zu werden. «Nicht jetzt, Elena, bitte nicht jetzt und nicht hier! Darf ich dir vorstellen Elena, Marina, Marina, Elena meine Schwester.»

Bei dem Wort Schwester atmete Marina erleichtert auf und reichte Elena ihre Hand zur Begrüssung. Elenas Freundin hatte an Juans Ton erkannt, dass es wohl besser war, möglichst schnell das Lokal zu wechseln, bevor Elena erneut loslegte. Sie fasste ihren Arm und zog sie Richtung Tür.

«Was meinte deine Schwester damit, sie habe Neuigkeiten in deinem Fall?», wollte Marina wissen.

Nun kam das Thema also doch noch zur Sprache. Danke liebe Schwester, danke, dachte Juan verärgert.

«Ich weiss es nicht, und es interessiert mich im Moment auch nicht. Ständig mischt sich meine liebe Schwester in meine Fälle ein.»

Er wollte nur noch eines: die letzten Minuten des gemeinsamen Abends auskosten. Als er gerade dabei war, sich Marina erneut zu nähern und ihr seine Hand über den Tisch anbot, gab sie ihm mit einer abwehrenden Geste zu verstehen, dass ihr Interesse an der Neuigkeit, die Elena ihm hatte mitteilen wollen, grösser war als seine Annäherung. Noch einmal fragte sie nach, ob er denn nicht vielleicht ahnte, worum es sich dabei handeln konnte.

Elena hatte es geschafft, den Rest des bis anhin idyllischen Abends mit ihrem Auftritt zu Grunde zu richten. Juan verfluchte in diesem Moment seine Schwester und seinen Beruf.

MITTWOCH
18

Paulita hatte am gestrigen Nachmittag erfahren, dass Alejandro für die Beerdigung freigegeben wurde. Sie verabredete sich mit Alejandros Priesterkollegen, um die Beisetzung am Donnerstagmorgen vorzubereiten.

Mitternacht war vorüber, als sie zu Bett ging. Sie wälzte sich von der einen auf die andere Seite, ohne ihren Schlaf zu finden. Ihre Gedanken kreisten ständig um Alejandro. Es waren bizarre Erlebnisse gewesen, die sie zusammenbrachten. Dunkle beschämende Erinnerungen und Zeiten, die sie aneinandergekettet hatten. Noch heute überfielen sie immer wieder schreckliche Albträume, aus denen sie jeweils, völlig durchnässt von Schweiss, erwachte. Es waren bittere Schuldgefühle, die sie seit Jahren mit sich trug und der Grund für ihre immer wiederkehrenden Träume war. Nach solch einer Nacht fühlte sie sich meist den ganzen Tag über niedergeschlagen. Sie hatte immer gehofft, dass im Laufe der Zeit die beschämende Vergangenheit langsam aus ihrem Bewusstsein schwindet. Doch es schien, als hätte sich jede ihrer Zellen in ihr festgekrallt. Erst dank Alejandro und ihrer gemeinsamen sinnvollen Funktion in der Ilumna fand sie etwas Seelenruhe.

Nachdenklich sass die von der schlaflosen Nacht gezeichnete Paulita in ihrem Lieblingssessel in der Nähe des Fensters und blickte auf die Bucht von Palma, ohne wirklich etwas wahrzunehmen. Wie würde es ohne Alejandro weitergehen? Würde sie es schaffen, die Institution in Palma im Sinne von Alejandro weiterzuführen? Plötzlich richtete sie sich kerzengerade auf in ihrem Sessel und sagte laut und mit voller Überzeugung zu sich selbst: «Ja, Paulita, du wirst mit Glaube und Zuversicht das Werk weiterführen! Das bist du Alejandro und allen Beteiligten schuldig.»

Immerhin war der erste Schritt weg von der Machtlosigkeit Richtung Gerechtigkeit getan. Ein Erfolg, der Alejandro zu verdanken war. Mit viel Ausdauer und hartnäckigem Willen hatte er es durchgesetzt, eine nationale Gen-Datenbank einzurichten.

19

Wie jeden Morgen auf dem Weg ins Büro, legte er in seinem Stammkaffee einen Stopp ein und genehmigte sich einen Cortado – einen Espresso mit Milch – und blätterte die Tageszeitung durch. Die Stadt war um diese Uhrzeit noch ruhig. Lediglich Geschäftsleute – die meisten sehr elegant gekleidet – waren auf dem Weg zu ihrer Arbeit. Die meisten Geschäfte öffneten erst um zehn Uhr, und ab elf Uhr musste man mit den ersten Touristenströmen rechnen, die innerhalb kurzer Zeit die Gassen und Geschäfte füllten.

Der Zeugenaufruf in der Morgenzeitung machte Julio stutzig. Er trank den Cortado in einem Schluck. Der Blick auf seine Uhr zeigte ihm, dass er noch Zeit genug hatte, einen Umweg über die Placa Eulalia zum Polizeirevier zu machen. Er hoffte, dort Juan anzutreffen. Sie kannten sich seit Kindsbeinen an. Sie hatten mehrere Jahre gemeinsam die Schulbank gedrückt. Heute begegneten sie sich meistens nach Feierabend in einer der Bars an der Placa Mercat.

Als Julio in den Innenhof der Polizei trat, musste er einen Moment innehalten und sich umzusehen. Bewundernswert, das schöne Patio mit den farbig blühenden Blumen und dem kunstvoll verzierten schmiedeisernen Treppengeländer. Durch die offene Tür, ein paar Stufen erhöht, sah er Juan an seinem Schreibtisch sitzen. Julio blieb unter dem Türrahmen stehen. Als er feststellte, dass Juan ihn noch nicht bemerkt hatte, rief er mit leicht verhaltener Stimme: «Hola Juan.»

Die Überraschung war gross, als Juan realisierte, wer in der Tür stand. Er erhob sich von seinem Stuhl und begrüsste freundlich seinen Besucher.

«Julio, du, qué tal, was führt dich zu mir?»

Julio informierte, dass er gleich zur Sache kommen wollte,

da er eigentlich auf dem Weg zur Arbeit und knapp in der Zeit sei. Nachdem er Platz genommen hatte, streckte er Juan die Zeitung entgegen, die er noch immer in der Hand hielt, und wies auf den Artikel mit der Überschrift *Zeugenaufruf*. Die Polizei bat um Mithilfe im Fall des toten Priesters Alejandro Savall. Zeugen, welche sich am Abend der *Nit de l`Art* in der Galerie RR aufgehalten und irgend etwas Aussergewöhnliches beobachtet hatten, wurden gebeten, sich umgehend bei der Policia Nacional zu melden.

Julio begann ohne Umschweife zu berichten: «Ich war zwar nicht in dieser Galerie und kann daher zu jener Nacht nichts sagen. Allerdings war ich zwei Nächte zuvor Zeuge einer Auseinandersetzung.»

Juan erlaubte sich, das Tonband anzustellen, um das Gespräch aufzuzeichnen.

«Dann erzähl mal», forderte er sein Gegenüber auf.

«Du weisst ja Juan, ich bin abends oft in der Nicolas Bar. Man trifft dort immer jemanden, den man kennt. Wir sind uns ja dort ebenfalls schon mehrmals begegnet. Übrigens auch deine Schwester scheint diese Bar zu lieben. Also zur Sache! Von Alejandros Wohnzimmerfenster aus sieht man direkt runter auf die Tische draussen vor der Bar. Er freute sich immer, wenn wir ihm durchs offene Fenster zuriefen oder an der Haustür klingelten, damit er sich für den Schlummertrunk noch ein halbes Stündchen zu uns gesellte. Für die meisten war er ein Kollege. Wir sahen ihn nicht primär als Pfarrer. Wie gesagt, zwei Nächte vor seinem Tod sass ich gegen elf Uhr nachts noch alleine an einem Tisch und trank mein Cerveza. Die meisten Gäste rundherum waren bereits gegangen. Ich sah, dass bei Alejandro noch Licht brannte und wollte mich soeben erheben, um an seiner Tür zu klingeln, als ein Mann auf seine Tür zutrat und heftig an der Türglocke zu ziehen begann. Er schien sehr aufgeregt und ungeduldig zu sein. Alejandro streckte für eine Sekunde den Kopf aus dem Fenster, blickte rüber an meinen Tisch und rief, er würde gleich kommen. Erst als er die Haustür öffnete, realisierte er, dass nicht ich es war, der geklingelt hatte. Als er den Mann vor seiner Tür erblickte, erstarrte er ganz offensichtlich. Leider konnte ich nur sehr schlecht verstehen, was Alejandro zu seinem Gast sagte, irgendwas wie: was du? Jedenfalls schien er über den Besucher verblüfft zu sein. Dieser stiess den Pfarrer ziemlich erregt zurück und trat ohne Aufforderung ins Haus. Durch das offene Fenster hörte ich kurze Zeit später, dass die beiden einen heftigen Streit hatten. Dieser dauerte vielleicht zehn Minuten, dann trat der Unbekannte sichtlich aufgebracht aus der Tür, die er hinter sich zuknallte und darauf mit eiligen Schritten davonlief.»

«Wie sah der Mann aus? Kannst du ihn beschreiben?», wollte Juan wissen.

«Er war sehr gross, sicher gegen einen Meter neunzig, sehr schlanke, schmale Statur. Dunkles, leicht gewelltes Haar. Leider habe ich ihn nur von hinten gesehen.»

«Hattest du irgendetwas von dem Streit verstanden?»

«Nicht viel, ausser dass die fremde Stimme mehrere Male rief: du nimmst sie mir nicht weg!, wenn ich mich nicht irre.

«Und was sagte Alejandro?»

«Ja, ihn habe ich ganz klar und deutlich verstanden. Ich wusste gar nicht, dass er so schreien kann. Das hätte ich ihm nie zugetraut.

«Na, und was hat er geschrien?»

«Er brüllte: Das verzeihe ich dir nie!»

20

«Mein Baby weinte, als ich es geboren hatte. Es war ein Junge mit einem Grübchen am Kinn. Ich durfte ihn einen kurzen Augenblick in den Armen halten, bevor eine Krankenschwester ihn mir wegnahm und ihn ins Säuglingszimmer zu den anderen Babys brachte. Ich lag in einer speziellen Abteilung für unverheiratete junge Frauen im Zimmer der Schande. Einen Tag nach meiner Geburt kam dieselbe Schwester in mein Zimmer und teilte mir mit, dass mein Sohn in der Nacht infolge einer Mittelohrentzündung gestorben sei. Ich konnte es nicht glauben, da mein Sohn erst noch gesund an meiner Brust gelegen hatte. Als ich den Leichnam sehen wollte, tröstete man mich damit, dass es besser wäre, wenn ich das Baby nicht sehe und es so in guter Erinnerung behalten könne. Sie würden sich um alles kümmern, und mein Kind würde ein würdevolles Begräbnis bekommen. Ich war damals jung und alleine. Irgendwann akzeptierte ich die Ratschläge der Ärzte und Nonnen, obwohl mich seit der ersten Sekunde an Zweifel heimsuchten. Ich konnte meinen einen Tag alten Sohn nicht selber zu Grabe tragen. Offiziell wurde er auf dem Friedhof begraben, ohne vorher getauft worden zu sein. Seither blieb mir nur noch eines: sein kleines Grab, welches ich so oft wie möglich besuchte.»

Isabella beendete ihr Gespräch schluchzend und trocknete sich die Tränen ab, die über ihre Wangen kullerten. Sie raffte sich nochmals auf und fügte hinzu: «Seit der ersten Sekunde an, als man mich über den Tod meines Kindes informierte, erfüllt mich Skepsis. Bis zu jenem Tag, als nach Jahrzehnten das grosse Schweigen in Spanien endlich gebrochen wurde und die Medien endlich ihre Reportagen erstatteten und dadurch das Drama der gestohlenen Kinder Spaniens ans Licht kam. Von diesem Zeitpunkt an war ich überzeugt, dass mein Kind noch lebte. Ich kämpfte gegen den Widerstand der Behörden. Dank der Unterstützung von Illumna erreichte ich schlussendlich, dass man das Grab meines Kindes öffnete. Es war leer. Nun wusste ich definitiv, dass auch mein Kind eines dieser geraubten Kinder und verkauft worden war.»

Die Angehörigen der Plattform Ilumna in Barcelona sassen unbeweglich und mitgenommen auf ihren Stühlen. Sie alle hatten seit der Gründung immer wieder neue Geschichten gehört, von Müttern, die ihre Kinder suchten, von Kindern die nach ihren Eltern forschten. Und jedes Mal waren die Erzählungen und Erlebnisse der Betroffenen von unglaublicher Beschaffenheit. Sie alle waren Opfer von Ärzten, Priestern, Nonnen und Beamten, die sich moralisch überlegen glaubten. Eine Verschmelzung von Staat und Kirche während des Franco Regimes, mit dem Ziel, Franco-Gegner zu moralischen Werten umzuerziehen. Später wurde daraus ein lukratives Geschäft für Ärzte und Kirche. Vor allem Gynäkologen besserten durch den Verkauf der Babys ihr Gehalt auf. Beweisdokumente wie Geburts- und Sterbeurkunden wurden manipuliert, fehlten oder waren nicht mehr auffindbar.

Nachdem diese Schandtaten endlich ans Licht gekommen waren, wurden in den meisten Städten Spaniens Organisationen von den Opfern gegründet – die Ilumna.

Es war das erste Mal in ihrem Leben, dass sie im Kreis anderer Menschen über ihre Geschichte sprach. Die kleine, unscheinbare Frau zitterte, obwohl sie sich unglaublich erleichtert fühlte, endlich über ihre Befürchtungen und Zweifel offen gesprochen zu haben. Sie sah endlich einen kleinen Hoffnungsschimmer, ihr Kind wiederfinden zu können. Mittels des DNA-Tests würde sie eine Chance haben, sofern ihrem Kind überhaupt bewusst war, dass es ein verkauftes Kind war.

Sie war dankbar, Mitglied der Ilumna Barcelona sein zu dürfen. Endlich fühlte sie sich nicht mehr alleine mit ihrem Schicksal.

Für Blanca hatte sich der Besuch in der Organisation in Barcelona mehr als erfüllt. Es hatte sich einmal mehr bestätigt, wie viele Menschen Opfer dieser schrecklichen Verbrechen waren. Sie verabschiedete sich von Isabella und hielt sie mit beiden Händen fest. Mit ermutigenden Worten versicherte Blanca ihr, dass sie sofort benachrichtigt würde, sollte sich eine Übereinstimmung ihrer DNA mit einer anderen Probe ergeben.

Nachdem sie sich von allen anderen ebenfalls verabschiedet hatte und sich gerade auf den Weg zum Hotel machen wollte, trat der Leiter der Organisation mit betrübtem Gesichtsausdruck auf sie zu. Er hielt sie zurück und stotterte: «Eine traurige Nachricht erreichte uns soeben.» Er musste erst kurz schlucken, bevor er weitersprechen konnte: «Dein Kollege und Organisator der Ilumna in Palma, Alejandro Savall, ist tot.»

21

Paulita sass den beiden Polizisten gegenüber und wunderte sich, warum sie so plötzlich ins Polizeibüro beordert worden war. Schliesslich hatte sie den beiden erst gestern mit Rat und Tat zur Seite gestanden. Lucero konnte sich nicht mehr länger zurückhalten, zu gross war seine Neugierde. Die Hände in den Hüften abgestützt, stellte er sich vor die schmale Person und bemerkte leicht spöttisch: «Ich kenne Sie!»

Bevor er weiterfahren konnte, unterbrach ihn Paulita: «Welch eine Überraschung, auch ich kenne Sie, nämlich seit gestern.»

«Bitte keine spöttischen Bemerkungen. Sie haben lediglich unsere Fragen zu beantworten, alles andere können Sie sich sparen. Verstehen wir uns?»

Noch gestern hätte sie nicht gedacht, dass dieser Mensch so unausstehlich sein konnte.

«Also, ich kenne Sie bereits von früher, Sie lebten als Obdachlose.»

Der sonst eher blassen Frau schoss sekundenschnell das Blut in den Kopf. Schweigen erfüllte den Raum.

«Wenn man seinen Schlafplatz an der Hauptgasse in der Türnische eines Luxusgeschäfts hat» fuhr Lucero fort, «muss man sich nicht wundern, wenn man gesehen wird. Die Obdachlosen im Stadtzentrum kennt man mit der Zeit. Sie gehören zum Leben hier wie alles andere auch. Was mich viel mehr wundert, wie Sie zu Ihrem Job bei Pfarrer Savall gekommen sind. Woher kannten sie ihn? Von der Obdachlosenküche? Hatte er dort vielleicht euer Essen gesegnet?»

Paulita wusste nicht, welche Frage sie zuerst beantworten sollte oder wollte.

«Nein nicht von der Obdachlosenküche. Von der Strasse –

dort sind wir uns ab zu begegnet.»

«Und da bietet er Ihnen einfach einen Job als Haushälterin an, ausgerechnet einer Obdachlosen? Halten sie mich eigentlich für blöd?»

Paulita schaute mit grossen Augen hoch zu Lucero, der immer noch breitbeinig vor ihr stand.

«Vielleicht war es einfach Mitleid; das ihn dazu bewog, mir diese Stelle anzubieten.»

Juan, der dem Spektakel aus Distanz zugehört hatte, erhob sich und stellte sich nun ebenfalls vor Paulita. «Warum waren Sie eigentlich obdachlos?», fragte er sie mit ruhiger Stimme.

Paulita fasste sich langsam und erwiderte immer noch in leicht höhnischem Unterton: «Warum sind Sie Polizist? Ich war obdachlos, weil ich irgendwann keinen Job und kein Geld mehr hatte und weil ich ohne Dach über dem Kopf war. So einfach ist das.»

Diesmal stieg Lucero die Zornesröte ins Gesicht. Er musste sich setzen und zog den nächsten Stuhl heran, bevor er die Befragung sitzend weiterführte.

«Unsere Ermittlungen haben ergeben, dass Sie sich bei Pfarrer Savall in grosszügigen Händen befanden. Er bezahlte Ihnen eine hübsche Wohnung an bevorzugter Lage sowie ein beachtliches Monatsgehalt. Eine ungewöhnlich steile Laufbahn, die Sie da hinter sich haben. Was, ausser Kochen und Putzen, mussten Sie für Ihren Lohn sonst noch bieten?»

«Was genau wollen Sie damit andeuten?», fragte Paulita beleidigt.

«Konkret: Hatten Sie ein Verhältnis mit Alejandro, waren Sie seine Geliebte?»

Ihr grimmiger Blick verriet, dass sie sich die versteckten impertinenten Unterstellungen nicht länger gefallen lassen wollte.

«Hören Sie, es reicht, das muss ich mir nicht bieten lassen.

Ich sage es Ihnen jetzt nur noch einmal. Ich war obdachlos. Der Pfarrer hatte mir auf der Strasse einen Job angeboten, aus welchen Gründen auch immer. Dankend habe ich das Angebot angenommen, erledigte meine Arbeiten zufriedenstellend und wurde dafür zugegebenermassen grosszügig entlöhnt. Ich war weder seine Geliebte noch etwas anderes in dieser Art und Weise. Wir pflegten lediglich eine gut funktionierende kameradschaftliche Beziehung. Ich war seine Angestellte und unterstützte ihn auch bei seinen Aufgaben in der Organisation Ilumna.»

Juan unterbrach Lucero gerade noch rechtzeitig, bevor dieser zu seiner nächsten Attacke ausholen konnte. Er bemühte sich, seiner Stimme einen besänftigenden Tonfall zu geben: «Wir fanden unter dem Bett von Alejandro eine Schachtel mit der Aufschrift *Privat*. Hatten Sie Kenntnis davon oder wussten Sie sogar, was sich darin befand?»

Paulita war beruhigt, dass endlich wieder eine normale Frage gestellt wurde, und antwortete erleichtert: «Ja, klar wusste ich davon. Schliesslich habe ich bei ihm gereinigt. Da ist mir die Schachtel mehrmals aufgefallen. Sie lag in der hintersten Ecke, wo ich sie auch liess. Ich putzte immer darum herum.»

Juan zweifelte nicht an der Richtigkeit ihrer Antwort. Die hohe Staubschicht auf dem Deckel war Beweis genug, dass diese seit längerer Zeit keiner mehr in den Händen gehalten hatte.

«Eine letzte Frage noch Paulita: Hatten Sie in letzter Zeit eine Veränderung an Alejandros Verhalten bemerkt?»

Die Antwort kam unmittelbar. «Ja, ohne Zweifel, seit vielleicht einem Jahr schien Alejandro um Jahre verjüngt. Er war vergnügter und lebensfroher. Leider zum Nachteil seiner Pfarrerspflichten, die er eher zu vernachlässigen begann. Wenn ich ihn darauf ansprach und wissen wollte, was ihn so freudig stimmte, kam meistens die Antwort, dass er halt einfach das Leben liebe. Warum er es plötzlich so offensichtlich liebte, kann ich Ihnen auch nicht sagen. Ich schätze, das Geheimnis hat er mit in sein Grab genommen.»

DONNERSTAG
22

Für Mallorca, Menorca und zahlreiche weitere spanische Regionen wurde bereits am Tag zuvor die Alarmstufe Gelb aufgrund starker Winde ausgerufen. Keiner der Trauernden hielt es länger als nötig auf dem Friedhof aus. Dementsprechend kurz fiel die Beisetzung aus. Die Blumen, welche sich an Alejandros Grab befanden, wurden innert Kürze vom Wind verweht und zeigten sich in einem kläglichen Zustand. Es waren nur wenig Trauernde, die auf der letzten Ruhestätte Abschied nahmen. Der Bischof, in Begleitung eines Dutzend Priestern, stand an vorderster Front, daneben Paulita, die immer wieder in Weinkrämpfe ausbrach. Ein paar Menschen aus der Pfarrgemeinde und Mitglieder der Ilumna befanden sich hinter den Geistlichen. Juan und Lucero hielten sich einige Meter abseits der Trauergäste auf und beobachteten die Zeremonie aus sicherer Distanz. Beinahe versteckt hinter einem grossen Friedhofsgebüsch erblickte Juan Marina. An ihrer Seite stand eine attraktive Dame. Er schätzte sie etwas über vierzig. Sein Blick folgte immer wieder zu den beiden Frauen. Juan freute sich, Marina zu sehen, obwohl er sie lieber an einem anderen Ort wieder getroffen hätte. Er fragte sich, was sie bewogen hatte, an der Beerdigung teilzunehmen. Und wer wohl die Frau war, mit der sie dort stand.

Die Windstärke hatte zugenommen. Das Weihwasser, welches die Trauernden über das Grab spritzten, traf nicht den Sarg, sondern die anderen Trauergäste daneben. Die Geistlichen verliessen den Friedhof zuerst, bevor auch die restlichen Menschen sich auf den Heimweg machten. Nur Marina und Blanca standen noch am offenen Grab, um einen Moment inne zu halten. Erst als die Windböen auch für sie zu stark wurden, brachen sie auf. Beim Verlassen des Friedhofs erblickte Marina Juan, der sich bis anhin im Hintergrund aufgehalten hatte. Sie hatte ihn nicht bemerkt.

Sie grüsste ihn mit einem Kopfnicken und einem knappen Blick, der ihre feuchten Augen verriet.

23

Estrella sass vor dem Bildschirm. Ihre Beine, welche noch immer in Stiefeln steckten, hatte sie bequem auf dem Schreibtisch aufgestützt. In dieser Position schaute sie sich ein Video an, als ihre beiden Kollegen das Sekretariat betraten.

«Was schaust du dir da an? Einen Thriller?», wollte Juan wissen.

Leicht verdattert blickte Estrella die beiden an, nahm ihre Füsse vom Tisch und wandte sich den beiden zu. «Das ist die Videoaufzeichnung der Galerie RR, am Abend der Eröffnung an der Nit de l`Art. Die Kameras befinden sich unten im Ausstellungsraum. In der oberen Etage gibt es keine Kameras. Ist ja auch logisch, da dies eigentlich Rafaels privater Bereich ist», erklärte Estrella.

Juan und Lucero warfen einen Blick auf den Bildschirm, der einen übervollen Raum mit Menschen zeigte. Leider wurde nicht jede Ecke des Raums erfasst.

«Hast du irgend etwas entdeckt, das uns weiterhelfen könnte?», erkundigte sich Juan.

«Nein, bis jetzt nichts Neues. Der Pfarrer kam um zweiundzwanzig Uhr dreissig in die Galerie und verschwand dann in der Menge der Leute. Jedes Mal, wenn ihn die Kamera erfasste, schaute er sich eher desinteressiert um. Wie bereits Rodriguez ausgesagt hat, hielt er stets sein Handy in der Hand. Er hinterlässt den Eindruck, als wartete er auf einen Anruf oder eine Nachricht. Ab elf Uhr wurde er von keiner der Kameras mehr erfasst, und da er die Galerie nicht verliess, kann das nur bedeuten, dass er sich ab diesem Zeitpunkt im oberen Stockwerk, das heisst in Rodriguez' Wohnung oder auf der Dachterrasse aufhielt.»

Obwohl das Video über sechs Stunden Filmmaterial

enthielt, bestand Juan darauf, sich die Aufzeichnung zu dritt nochmals anzuschauen, damit kein Detail übersehen wurde.

Lucero kämpfte gegen den immer noch tobenden Wind, der durch die engen Altstadtgassen pfiff, während er über die Gasse frisch aufgeschnittenen Pata Negra, Brötchen und einen edlen Tropfen Rotwein besorgte. Selbstverständlich alles auf Kosten der Policia Nacional. Juan erlaubte Estrella, ihre anfängliche Sitzposition wieder einzunehmen um ihr die nächsten sechs Stunden etwas erträglicher zu gestalten.

Als der Pata Negra verzehrt und der Wein Geschichte war, mussten sie langsam gegen die aufkommende Müdigkeit kämpfen. Es liefen dauernd dieselben sich wiederholenden, langweiligen Bilder ab. Scharenweise Menschen, die ein und aus gingen, sich im Raum aufhielten, die Gemälde betrachteten und die Preislisten studierten. Die meisten Besucher mussten Touristen gewesen sein. Nur unbekannte Gesichter für Juan und Lucero. Gabriel bereitete vor Ort kleine raffinierte Tapas zu, die er gekonnt mit einer erstaunlichen Fingerfertigkeit und viel Ideenreichtum kreierte, die anschliessend von den beiden Servicedamen an die Besucher verteilt wurden. Vermutlich war er nicht nur aufgrund seiner Köstlichkeiten den ganzen Abend lang von der Damenwelt umzingelt, es war ganz bestimmt auch wegen seiner gewinnbringenden fröhlichen Art. Während sich das weibliche Geschlecht Gabriel widmete, degustierten die Männer den Wein von Sancho Carreras. Er war ein Meister in der Präsentation seines Weines. Beinahe ehrfürchtig nahm er die Flaschen in die Hand, achtete darauf, dass der Korken nicht durchbohrt wurde und drehte ihn vorsichtig heraus, um ihn anschliessend seinen Gästen vor die Augen zu halten. Respektvoll schenkte er den Wein in die Gläser ein. Obwohl die Aufzeichnung ohne Ton war, erkannte man, dass Sancho mit den Gästen über die Farbe des Weines philosophierte, die Gläser gegen das Licht oder eine weisse Serviette hielt, sie riechen, schnuppern und schmecken liess.

Der Besitzer und Gastgeber Rafael war ununterbrochen in Gespräche verwickelt, dokumentierte seine Gemälde und stiess mit unzähligen Besuchern an. Die digitale Uhr auf den Aufnahmen zeigte bereits nach dreiundzwanzig Uhr, als sich die Menschenmenge reduzierte und nur noch vereinzelt neue Besucher die Galerie betraten. Wie viele Leute sich um diese Zeit noch im oberen Stock aufhielten, war nicht ersichtlich. Kurz bevor Juans Augen vor Müdigkeit fast zufielen, wurde er schlagartig wach.

Eine ihm bekannte Person betrat die Galerie.

24

Glaubte man den Wettervorhersagen des Balearischen Wetterdienstes, musste man sich auf weitere heftige Stürme gefasst machen. Vorboten von Tornados erreichten das Meer. Via Radio wurde die Bevölkerung aufgefordert, sämtliches Material auf Terrassen und Balkonen zu entfernen. Immer wieder wurden Passanten bei Sturm von herumfliegenden Gegenständen wie Tische, Stühle und Sonnenschirmen getroffen, was bereits zu Todesfällen geführt hatte.

Marina und Blanca hätten nach der Beerdigung am liebsten einen Spaziergang entlang des Meeres unternommen, doch infolge des Wetters war dies unmöglich. Die Spuren der Trauer und des Streites des gestrigen Abends nach Blancas Ankunft, zeichnete sich auf ihren Gesichtern ab. Blancas Vorwurf an Marina schwebte noch immer über ihren Köpfen. Marina hatte es unterlassen, ihre Mutter gleich nach dem Entdecken des Toten zu benachrichtigen. Blanca konnte nicht nachvollziehen, warum sie diese Nachricht, anstatt von Marina, vom Leiter in Barcelona erfahren musste und das erst fast drei Tage später. Marina hatte ihr bereits mehrfach zu verstehen gegeben, dass sie sich durch die Umstände völlig blockiert und unfähig gefühlt habe, angemessen zu reagieren. Sie brauchte ihre Zeit, erst einmal zu begreifen, in was für eine Geschichte sie da geraten war.

Sie hatten geplant, dass sie sich mit Paulita nach der Beerdigung in Alejandros Wohnung treffen würden. Sie fand es keine gute Idee, Paulita jetzt alleine zu lassen. Doch die Eingangstür zu Alejandros Wohnung war weiterhin durch die Polizei versiegelt. Die beiden Frauen beschlossen, Paulita zu sich nach Hause einzuladen. Sie nahm es dankbar an.

Als sie die Wohnungstür öffneten, schlug ihnen Dunkelheit

entgegen aus dem ansonsten hellen Raum. Die schwarzen Wolken am Himmel verdeckten jegliches Licht, das üblicherweise durch die grosse Fensterfront nach innen drang. Die schweren Holzmöbel wirkten viel zu massiv und erdrückend. Sobald es die Zeit erlaubte, war geplant, sie durch helle moderne Möbel zu ersetzen. Durch weisse leichte Designermöbel mit farbigen modernen Akzenten.

Blanca bat Paulita, am Esstisch Platz zu nehmen, während Marina den Kaffee zubereitete. Sie kamen in ihrem Gespräch auf die Ilumna zu sprechen. Da Blanca vorerst noch in der Schweiz wohnte und oft unterwegs war, um die restlichen Standorte der Ilumna in Spanien zu überwachen, musste Paulita die Führung der Organisation vor Ort übernehmen. Die Tätigkeit in der Organisation würde ihr helfen, auf andere Gedanken zu kommen und für eine sinnvolle Aufgabe tätig zu sein. Blanca versprach ihr, die nächsten Tage in Palma zu bleiben und sie dabei zu unterstützen.

In der Nacht nahm die Stärke des Sturmes beinahe orkanartige Dimensionen an. Es wäre leichtfertig gewesen, Paulita bei diesem Wetter nach Hause zu schicken. Blanca öffnete ein Flasche *Anima Negra*, einen köstlichen Rotwein. Sie prosteten einander auf Alejandro zu und waren sich erst nach dem Anstossen im Klaren, wie absurd es war, mit einem Wein, dessen Name *schwarze Seele* bedeutete, auf jemanden anzustossen, der mit einer Flasche Rotwein todgeschlagen worden war.

Der Tag, der mit einer Trauerfeier begonnen hatte, endete schlussendlich beinahe feuchtfröhlich. Es war bereits nach Mitternacht, als der Sturm sich leicht beruhigte und Paulita sich auf den Nachhauseweg machte. Marina wollte sie begleiten, um sicher zu sein, dass sie heil zu Hause ankam. Paulita lehnte das Angebot dankend ab. Sie müsse sich nicht bemühen, sie sei sich Nächte wie diese im Freien gewohnt. Etwas verwirrt fragte sich Marina, was Paulita mit dieser Bemerkung andeutete.

Die Gassen waren stockdunkel und menschenleer. Ausser dem Getöse des Windes vernahm man keinen Laut. Paulita schützte sich vor den Windstössen, indem sie ihr Gesicht Richtung Boden senkte. Plötzlich überkam sie ein banges Gefühl. Sie bereute, Marinas Angebot abgewiesen zu haben. Ein paar Sekunden später wusste sie, dass ihre Ahnung sie nicht täuschte, als sie im Rauschen des Windes Schritte vernahm. Sie wagte nicht, sich umzudrehen. Mit jedem Schritt wuchs ihre Angst. Es gab keine Zweifel: Sie wurde verfolgt.

Das städtische Dienstleistungsunternehmen Emaya begann mit seinen Reinigungsarbeiten bereits vor Sonnenaufgang. Arbeiter sammelten mit elektrischen Strassenkehrmaschinen abgeknickte Äste, Utensilien und Wäschestücke von den Gassen auf. Bei Tagesanbruch waren die meisten zurückgebliebenen Spuren des Sturms, welcher letzte Nacht über die Insel hinweggefegt war, beseitigt.

Man erwartete eine Temperatur von über 30 Grad Celsius. Der neue Tag versprach, einer der durchschnittlichen dreihundert Sonnentage auf Mallorca zu werden.

Lucero beobachtete Juan aus dem Augenwinkel, welcher aussah, als hätte ihn der vergangene Sturm arg durchgeschüttelt. Sein Dreitagebart, der ihm normalerweise einen speziell männlichen Touch verlieh, sah heute nachlässig und ungepflegt aus. Selbst nach zwei doppelten Espressi schienen seine Ermüdungserscheinungen nicht zu schwinden. Die schlaflose Nacht war ihm ins Gesicht geschrieben. Auch Lucero hatte nach der Aufzeichnung, welche sie gestern während Stunden über sich hatten ergehen lassen, grosse Mühe gehabt, seine verdiente Ruhe zu finden. Es war ihm nicht entgangen, was Juan beschäftigt und ihm den Schlaf geraubt hatte.

Juan bot Lucero eine Tasse Espresso an. «Soll ich sie anrufen und herbestellen?»

Juan überlegte einen Augenblick. In einem Zug trank er den Espresso. Er stellte die leere Tasse abrupt auf den Schreibtisch. Er seufzte tief: «Lass nur, ich rufe sie selber an.»

Juan hatte in seiner beruflichen Laufbahn mehrere drastische und einschneidende Vorfälle erlebt. Erlebnisse, die ihn gezeichnet hatten. Trotzdem hatte er es immer geschafft, sich abzuschirmen und sie nicht allzu persönlich zu nehmen. Doch diesmal standen diese Gefühle im Vordergrund. Er kam ins Wanken und fühlte sich hintergangen.

Juan wusste, dass er genauso aussah, wie er sich fühlte, nämlich miserabel. Er benötigte einige Minuten im Bad, um sein Gesicht mit kaltem Wasser zu beleben. Langsam entfaltete auch das viele Koffein seine Wirkung.

Ungern und mit leicht zittriger Hand nahm er den Telefonhörer in die Hand und wählte eine Nummer, die er auswendig kannte. Alleine ihre Stimme löste Herzklopfen aus.

«Hola Juan, schön dich so früh am Morgen zu hören», ertönte es freudig aus dem Hörer.

Für einen Moment blieb es stumm, bevor er es schaffte zu sprechen und sein Anliegen bekanntzugeben: «Ich muss dich bitten, umgehend bei mir im Polizeibüro vorbei zu kommen.»

«Huch, das hört sich ja beängstigend an, oder ist das etwa eine Einladung zum Frühschoppen?», meinte sie scherzend.

Ihr Humor wurde im Nu getrübt, als sie Juans ernste trockene Stimme vernahm: «Das ist keine Einladung. Es ist eine polizeiliche Aufforderung!»

Eine halbe Stunde später sass sie ihm gegenüber. Obwohl sie nach ihrem gemeinsamen Abend unentwegt auf einen Anruf von ihm gehofft hatte, wäre es ihr im Moment lieber gewesen, er hätte sich nicht gemeldet. Er hatte sie nicht angerufen, weil er sie wiedersehen wollte, es gab einen anderen, viel relevanteren Grund.

«Marina, ich möchte nochmals genau wissen, von A bis Z, was sich in der Nacht abspielte, als du und deine Freundin in Palma angekommen seid.»

Sie hatte Schlimmeres erwartet und berichtete ihm erleichtert, dass sie und Barbi auf der Terrasse gesessen und das Treiben der Party auf der Dachterrasse gegenüber beobachtet hatten. Sie seien relativ früh schlafen gegangen.

Als Juan sie fragte, ob sie in jener Nacht nochmals die Wohnung verlassen hatte, fiel die Antwort mit nicht mehr als einem kurzen «Nö» aus.

Juan drehte seinen Bildschirm Marina zu und bat sie, sich kurz einen Bildausschnitt anzusehen. Sie fragte sich, was jetzt wohl kommen würde. Als sie sich dann selber erkannte, wie sie die Galerie RR betrat, wäre sie am liebsten im Boden versunken. Ein schneller Blick zu Juan, worauf sie sich am liebsten in Luft aufgelöst hätte, als sie dessen harschen Augenausdruck wahrnahm.

«Bitte erkläre mir das!», befahl Juan.

Verunsichert und die richtigen Worte suchend erwiderte Marina: «Ich konnte nicht schlafen, und da ich wusste, dass die Stadt infolge eines Events noch voller Menschen war, ging ich nochmals raus und schlenderte durch die Gassen und Galerien. Zufällig landete ich auch in der Galerie RR.»

«Nehmen wir mal an, es war so wie du sagst. Gemäss den Aufnahmen befandest du dich während einer halben Stunde in der Galerie. Was hast du dort die ganze Zeit gemacht, und bist du Pfarrer Savall begegnet?»

«Nein, an den Pfarrer kann ich mich nicht erinnern, und ich habe mir die Ausstellung, respektive die Bilder angeschaut.»

«Was für Bilder?»

«Na, Bilder eben oder Gemälde oder was weiss ich, wie man diese Kunstwerke noch nennt.»

Leichter Zorn erfasste Juan, nicht nur des schleichenden Gesprächs wegen. Er fühlte sich enttäuscht von der Frau, an die er seit der ersten Begegnung unaufhörlich denken musste.

Mit ernstem Gesichtsausdruck und einem tiefen Seufzer führte er die Unterhaltung weiter: «Du hast eine halbe Stunde lang Gemälde angeschaut, in einer Galerie, welche zur Zeit deines Besuches fast leer war, und du kannst mir keines der Bilder beschreiben. Zudem sieht man dich auf dem Video lediglich die Galerie betreten und wieder verlassen. Keine einzige Aufnahme, wo du vor einem der Gemälde stehst. Verkaufst du mich für dumm?»

Eingeschüchtert entgegnete Marina: «Juan, ich will dich nicht für dumm verkaufen. Ich war in dieser Nacht in einigen Galerien, ich hatte mir etliche Werke angesehen, so dass ich mich nicht mehr erinnern kann, was ich wo gesehen habe. Könnte ja sein, dass ich in der Galerie RR in einem von der Kamera nicht erfassten Winkel stand.»

Juan war bewusst, dass im Obergeschoss keine Kamera angebracht war und unten nicht jede Ecke erfasst werden konnte. Trotzdem schien ihm das Ganze etwas mysteriös. Sein Gesichtsaudruck verhärtete sich und die nächste Frage erfolgte ein paar Oktaven höher: «Warum? Warum hast du uns verschwiegen, dass du an jenem Abend in der Galerie RR warst? Ist dir eigentlich bewusst, dass man sich während einer laufenden Untersuchung strafbar macht, wenn man Informationen zurückhält?» Marina war ihre Befangenheit anzusehen. Warum behandelte nicht Juans Kollege, dieser Lucero, den Fall, während sie mit Juan eine unbeschwerte Zeit geniessen konnte? Diese Gedanken und Wunschvorstellungen schossen durch ihren Kopf.

«Meinen Besuch in der Galerie verschwieg ich deshalb, weil ich mich davor fürchtete, mit dem Mord in Verbindung gebracht zu werden. Für mich war es ein Schock. Da wurde jemand an dem Ort umgebracht, wo ich kurz zuvor selber gewesen war. Ich hatte einfach nur Angst. Das musst du mir glauben. Es tut mir leid, dass ich nicht von Anfang an aufrichtig gewesen bin.»

Juan wusste nicht, was er von Marinas Aussage halten sollte und kam gleich auf das nächste Thema zu sprechen.

«Du warst an der Beerdigung des Pfarrers. Was bewog dich dazu, dort hinzugehen?»

«Letztendlich habe ich die Leiche entdeckt. Es bewegte mich zutiefst. Ohne es zu wollen, war ich mit einem Toten konfrontiert. Ich fühlte mich auf eine Weise verpflichtet dort hinzugehen.»

Juan fühlte sich elend und zweifelte an jedem ihrer Worte. Die sich anbahnende Unstimmigkeit zwischen ihnen hielt er kaum aus. Hatte sie es verspielt mit ihm, weil sie verschwiegen hatte, dass sie in jener Nacht in der Galerie gewesen war?

Es tat ihr in der Seele weh, um den heissen Brei herum reden zu müssen, doch sie sah keine andere Möglichkeit.

Ruckartig erhob sich Juan aus seinem Stuhl. Er bat Marina, sitzen zu bleiben und sich einen Moment zu gedulden, worauf er zielstrebig sein Büro verliess. Er knallte die Tür hinter sich zu und ging ins Sekretariat, wo er Estrella antraf.

Als er kurz danach genau so zielstrebig zurückgekehrt war, teilte er Marina mit versteinerter Miene mit, dass sie gehen könne. Diesmal blieb eine Umarmung zum Abschied aus.

Kurz danach hörte er Estrellas eilige Schritte über den Steinboden. Sie hatte die Verfolgung aufgenommen.

26

Blanca mochte es, am Morgen ihren Cortado zu trinken. Sie hatte sich in das gemütliche Kaffeelokal gegenüber der Kirche Sant Nicolau gesetzt. Die Tische draussen richteten sich einen Treppentritt erhöht zur Gasse hin aus. Hier schaute sie den vorbeischlendernden Passanten zu. Blanca erinnerte sich an ihre Kindheit. Nachdem ihr Vater vom Fischfang zurück gekommen war, begab er sich jeweils zuerst in dieses kleine Lokal, um seinen Kaffee zu trinken und die Zeitung zu lesen. Unterdessen hatte zwar der Besitzer des Lokals gewechselt, mit Ausnahme des heutigen Angebots des Free Wifi, hatte sich all die Jahre hindurch nichts verändert. Während Blancas Gedanken ihrem Vater nachhingen, schweifte ihr Blick hinüber zur Kirche Sant Nicolau. Wehmut erfasste sie. Dieselbe Kirche, dieselben Häuser, derselbe gemütliche kleine Platz davor, alles war noch wie damals, und trotzdem war alles anders. Es waren die Menschen und Vorkommnisse, innerhalb dieses kleinen Kreises, die sich gewandelt hatten. Innerhalb dieses Quadrats war sie aufgewachsen, hatten ihre Eltern gelebt, ihre Freunde und bis vor kurzem Alejandro Savall, der Priester der Kirche, an die sie eben hochsah. Dort war sie getauft worden, hatte ihre erste heilige Kommunion empfangen und mit ihren Eltern jeden Sonntag die Messe besucht. Sogar ihre Trauung hatte dort stattgefunden. Sie hätte in diesem Moment alles gegeben, um die Zeit zurückzudrehen. Nochmals als Kind auf dem Platz zu spielen, mit ihrem Vater in der Kirche eine Kerze anzuzünden und anschliessend hier im kleinen Kaffee zusammen ein Eis zu essen.

Immer mehr Touristen schlenderten an ihr vorbei die Gasse hoch und runter. Meist war die Stadt um diese Uhrzeit bereits voll von Urlaubern, die sich auf Besichtigungs- und Shoppingtouren begaben. Ein Blick auf die Armbanduhr: Es war bald halb zwölf. Um elf Uhr wollte Paulita da sein. Sie hatten sich verabredet, um alles Erforderliche für die Fortführung der Organisation zu besprechen. Bevor Paulita sich gestern Abend auf den Nachhauseweg begeben hatte, hatte sie versichert, pünktlich um elf Uhr im verabredeten Cafe zu sein.

Blanca wollte erneut Paulitas Nummer wählen, als sie Marina erblickte, die eilig um die Ecke kam, und sich wunderte, ihre Mutter alleine ohne Paulita vorzufinden.

«Warum bist du alleine? Ist Paulita schon wieder gegangen?», wollte sie sofort wissen.

«Nein, sie kam nicht. Ich versuchte bereits, sie auf ihrem Handy zu erreichen, doch sie meldete sich nicht.» Blanca klang leicht besorgt.

Die beiden beschlossen, noch ein paar Minuten zu warten. Marina nutzte die Gelegenheit, um ihrer Mutter von dem Gespräch mit Juan zu erzählen. Es war Blanca nicht entgangen, dass ihre Tochter Gefallen an dem attraktiven Polizisten fand und sich jetzt offensichtlich unwohl in ihrer Haut fühlte, weil sie ihm nicht die ganze Wahrheit auf den Tisch hatte legen können.

Als Paulita auch auf einen erneuten Telefonanruf nicht antwortete, beschlossen die beiden Frauen, sich zusammen auf den Weg zu machen, um persönlich bei ihr zu Hause vorbei zu schauen.

Paulitas Wohnung befand sich in der ersten Altstadtreihe, vom Meer aus gesehen. Der etwas erhöhte Weg, welcher von der Kathedrale aus entlang der Häuerreihen bis zur Stadtmauer führte, bot einen bezaubernden Ausblick auf die Bucht von Palma, den langen Hafen mit seinen unzähligen Yachten und den grossen Kreuzfahrtschiffen an dessen Ende. Den Hauseingang verschloss eine schwere Eisentür. Auch nach mehrmaligem Klingeln erfolgte keine Antwort. Kein Lebenszeichen von Paulita. Langsam erfasste Blanca ein mulmiges Gefühl. Sie stand zwar Paulita nicht sehr nahe, doch sie hatte sie als zuverlässige Person in Erinnerung. Sie machte sich Vorwürfe, weil sie Paulita in der letzten Nacht nicht nach Hause begeleitet hatte. Was war, wenn ihr etwas zugestossen war? Wenn sie überfallen worden war und sie irgendwo verletzt in einem versteckten Innenhof lag? Die wildesten Vorstellungen schwirrten ihr durch den Kopf, während sie durch die Gassen zurückschlenderten. Wie auf Kommando blieben beide stehen, um sich dann schnellstmöglich in der nächstgelegen Seitengasse zu verstecken.

Sie trauten ihren Augen nicht, was sie eben sahen.

27

Es war wie Weihnachten. Estrella erinnerte sich nicht, wann sie sich zum letzten Mal so selbstsicher und voller Stolz gefühlt hatte wie eben. Sie hätte sich am liebsten vor Freude an Juans Hals geworfen, als er völlig unerwartet bei ihr im Sekretariat stand und sie bat, Marina, die noch in seinem Büro sass, zu verfolgen. Sobald diese das Polizeigebäude verliess, sollte sie ihr auf den Fersen bleiben und notieren, wo und mit wem sie sich den ganzen Tag über aufhielt. Das ist ja wie im Film, ging es Estrella durch den Kopf. Endlich etwas Abwechslung neben der eintönigen Sekretariatsarbeit. Da Marina sie nicht kannte, würde sie nicht auffallen, wenn sie sich in genügend grossem Abstand an deren Fersen heftete. Estrella war mehr als begeistert über das Vertrauen, das Juan ihr entgegenbrachte. Schliesslich war es nicht üblich, eine Sekretärin mit einer Aufgabe zu betreuen, die normalerweise nur gut ausgebildeten Polizeibeamten vorbehalten war.

Juan und Lucero sassen in dem eher kahl ausgestatteten Besprechungszimmer. Über dem grossen Tisch fächerten sich Unterlagen, die den aktuellen Fall betrafen. Die Klimaanlage rotierte auf Hochtouren, denn draussen zeigte das Thermometer noch immer über dreissig Grad an. Da sie wussten, dass Estrella den ganzen Tag weg sein würde, erlaubten sie sich, eine kühle Flasche Weisswein zu öffnen. Wenn Estrella im Haus war, gab es bloss Wasser oder Kaffee. Alkohol trinke man erst am Feierabend, war ihr Standardspruch. Normalerweise hielten sie sich daran, um leidigen Diskussionen aus dem Weg zu gehen.

«Gehen wir mal sämtliche Ermittlungsergebnisse durch, die wir zurzeit haben», eröffnete Juan das Gespräch.

«Wir wissen sicher, dass der Pfarrer mit einer Rotweinflasche von hinten erschlagen wurde. Vermutlich im Affekt, was schlussendlich zu seinem Tod führte. Die Flasche zerschlug in diverse Stücke. Seltsamerweise befanden sich am Flaschenhals keine Fingerabdrücke.»

Juans Gespräch wurde unterbrochen, als aus seinem Telefon die altbekannte Melodie *La mejor parte de mi* ertönte. Er konnte unmöglich den Anruf schon wieder ignorieren, sonst würde Elena sich langsam ernsthaft um ihn sorgen. Das musste er unbedingt verhindern, bevor es ihr in den Sinn kam, persönlich in seinem Büro aufzutauchen.

«Digame.»

«Hola Juan, endlich, ich versuch dich schon seit...»

«Hör mir zu, liebe Schwester, wir sind mitten in einer wichtigen Sitzung, ich kann mich jetzt unmöglich mit dir unterhalten.»

«Ich muss dir dringend einiges erzählen», intervenierte sie.

«Nicht jetzt, ich ruf dich zurück und mach dir um mich keine Gedanken. Es geht mir gut, alles bestens. Lass mich jetzt meine Arbeit machen. Beso!» Juan beendete das Gespräch.

Das verstohlene Lächeln, welches jeweils nach Elenas Anrufen auf Luceros Gesicht erschien, ärgerte Juan zunehmend.

«Also weiter!», befahl er.

Luceros Gesichtsausdruck wurde wieder ernst, bevor eine Leiher von Indizien und Ergebnissen aus ihm heraussprudelte: «Wir haben die Videoaufnahme, die nicht viel mehr offenbarte, als dass Marina sich am Mordabend ebenfalls in der Galerie befand, was sie uns kurioserweise verschwiegen hat. Ebenso seltsam ist, dass das Handy des Toten nicht gefunden wurde. Im Weiteren existiert eine Schachtel mit uralten Liebesbriefen. Wir haben jedoch keine Ahnung, wer sie verfasst hat. Dann sind da noch die beiden Fotos mit dem Porträt einer jungen Frau und einer Herrschaftsvilla. Zudem wissen wir, dass der Priester einen Streit mit einem Mister Unbekannt hatte. Offensichtlich ist auch, dass er bei seinen geistlichen Kollegen eher unbeliebt war und dass er eine Obdachlose beschäftigte, die er grosszügig entlöhnte. Es ist bekannt, dass das Opfer sehr vermögend war, infolge seiner Erbschaft, und er davon den grössten Teil in seine von ihm gegründete Organisation steckte. Das wäre mal in Kürze das Wichtigste», endete Lucero, bevor er noch bemerkte: «Vielleicht sollten wir uns mal schlau machen, womit Alejandros Vater sein Geld verdient hatte, dass er seinem Sohn ein solch beträchtliches Erbe vermachen konnte.»

Juan fand das eine gute Idee und beauftragte Lucero, sich gleich darum zu kümmern.

Sie hatten ein paar Ergebnisse, die nicht viel aussagten und wenige Indizien, die sie ebenfalls keinen Schritt weiterbrachten. Da blieb zudem die Frage des Motivs. Hass? Neid? Lucero konnte sich nicht vorstellen, worauf man bei einem Pfarrer hätte neidisch sein können. Vielleicht innerhalb der eigenen Reihen? Seine verletzten Pfarrerskollegen? Schliesslich machten sie keinen Hehl daraus, dass es sie ärgerte, weil Alejandro sein Geld nicht zu Gunsten der Kirche gespendet hatte. Oder war es Rache? Eifersucht? Vielleicht irgendwelche heimlichen Frauengeschichten? Man hörte ja oft genug, dass die Gottesdiener ihr Keuschheitsgelübde nicht all zu ernst nahmen.

Die Kirchenglocke der Santa Eulalia schlug genau sechsmal am Abend, als wie vom Blitz getroffen und ausser Atem Estrella im Raum stand. Der erste Blick galt unübersehbar der leeren Flasche Weisswein auf dem Tisch. Doch diesmal verzichtete sie auf ihren standartmässigen Vortrag. Sie hatte Wichtigeres zu berichten. Nachdem sich ihr schneller Atem wieder etwas beruhigt hatte und sie fähig war zu sprechen, hätte sie am liebsten alles auf einmal rausgelassen.

«Ihr glaubt es nicht, das war Abenteuer pur. Ich glaube, ich werde meinen Schreibtischjob aufgeben und mich für die Polizeischule anmelden.» Es folgte ein erneutes tiefes Durchatmen. «Also, als Marina unser Gebäude verlassen hatte, traf sie sich mit einer Frau, die schätzungsweise zwanzig Jahre älter war als sie, in dem kleinen Cafe bei der Placa Frederic Chopin. Ich hatte den Eindruck, dass sie dort auf jemanden warteten, der nicht auftauchte. Sie schauten immer wieder auf die Uhr und aufs Handy. Mehrere Male versuchten sie, jemanden anzurufen. Erfolglos, wie ich feststellen konnte. Danach gingen beide zusammen rechts die Gasse hoch, beide ...»

Juan musste Estrellas Redefluss stoppen, damit sie nicht begann, jeden unwichtigen Schritt im Detail zu dokumentieren. Als sie allerdings berichtete, dass die zwei an einem Altstadthaus wiederholt geklingelt hatten und nach einigen vergeblichen Versuchen besorgt wieder gegangen waren, interessierte Juan sich plötzlich für die Einzelheiten.

«Konntest du sehen, bei wem sie geklingelt haben?», wollte er wissen.

«Klar, Chef, 3. Piso rechts.»

Da in Spanien nicht die Namen der Bewohner an den Schildern standen, sondern lediglich Stockwerk und Seite, musste man sich immer erst erkundigen, welcher Name dahinter steckte. Lucero erhob sich und setzte sich vor den Bildschirm.

«Ein kleiner Fisch, das haben wir schnell.» Es war nicht das erste Mal, dass Lucero so etwas herausfinden musste.

«Nein, warte Lucero, schon erledigt», triumphierte Estrella.

«Das habe ich soeben auf dem Rückweg ins Polizeipräsidium noch erledigt. Habe einfach mal überall durchgeklingelt, bis einer den Türknopf drückte und sich das Tor öffnete. Gleich dahinter befanden sich die Briefkästen. Mit meinen schlanken Fingern war es ein Kinderspiel, in den Schlitz des Briefkastens

3. Piso rechts zu greifen und einen Briefumschlag, der sich darin befand, heraus zu nehmen. Nun ratet mal, an wen der adressiert war? An Senora Paulita Costa!»

«Verflixt nochmal, was wollten die beiden bei Paulita?», fragte Juan verwundert.

«Das ist noch nicht das Highlight des Tages, Chef», echauffierte sich Estrella. «Ich folgte den beiden durch die Gassen bis zur Calle San Alonso, wo beide wie auf einen Schlag mitten in der Gasse stehen blieben, um sich eine Sekunde später in der nächsten Seitengasse zu verstecken. Es war ein Mann, den sie kurz vor dem Hotel Santa Clara entdeckten und ihren Schrecken auslöste. Der Mann hatte die beiden nicht bemerkt und verschwand im Hotel. Die beiden Frauen standen noch eine Weile verstört im Schutz der Seitengasse an die Häuserwand gelehnt. Sie tauschten ziemlich aufgewühlt einige Worte aus, die ich leider nicht verstand, bevor sie ihren Weg fortsetzten. Ich folgte den beiden bis zu ihrem Haus an der Placa Chopin, indem sie dann verschwanden.»

«Und das war's?», erkundigte sich Lucero.

«Nein, bloss nicht so ungeduldig. Ich ging zurück zum Hotel Santa Clara. Den ganzen Weg lang hatte ich das Gefühl, dass das Aussehen des Mannes mich an jemanden erinnert. Es liess mir keine Ruhe. Plötzlich dämmerte es mir. Ich tippte doch das Protokoll von der Aussage, die Julio aufgrund des Zeugenaufrufs in der Zeitung gemacht hatte. Er war im Haus des Pfarrers Zeuge eines Streits gewesen. Seine Beschreibung des Mannes, der damals den Pfarrer besucht hatte, passte haargenau auf den Mann in der Calle San Alonso. Gegen eins neunzig gross, schlank, schmal, dunkles, leicht gewelltes Haar. Also fragte ich im Hotel nach dem Herrn nach, der vor ungefähr fünfzehn Minuten das Hotel betreten hatte, und beschrieb ihn dem Hotelangestellten.»

«Und da haben sie dir ohne Probleme breitwillig Auskunft

erteilt, obwohl du nicht einmal im Besitz einer Polizeimarke warst?», spottete Lucero.

«Richtig, weil ich den Empfangssekretär kenne. Er hatte mit mir die Schulbank gedrückt und wusste, dass ich im Polizeise-kretariat arbeite. Als ich ihm erklärte, dass ich nun neu auch im Aussendienst tätig sei, lieferte er mir sämtliche gewünsch-ten Auskünfte», bluffte Estrella in den höchsten Tönen.

«Dann verrat uns doch mal, was für ein Geheimnis dein Be-kannter dir preisgab», neckte Lucero ungläubig.

«Der Gast buchte ein Einzelzimmer, ist Arzt und kommt aus der Schweiz. Er kam letzten Mittwoch vor einer Woche ange-reist.»

«Am Mittwoch vor einer Woche?», wiederholte Juan. «Das heisst, drei Tage vor Alejandros Tod. Gemäss Julios Aussage ereignete sich der Streit zwei Nächte vor dessen Tod, genau in der Nacht von Donnerstag auf Freitag. Würde perfekt passen, sofern die Personenbeschreibung von Julio tatsächlich mit diesem Arzt aus der Schweiz übereinstimmt.»

«Wie heisst den unser ominöser Gast?», fragte Lucero.

«Emilio.» Ganz genau gesagt heisst er Emilio Vidal! Na, klin-gelt da etwas?», scherzte Estrella.

Juan fühlte sich, als hätte er Blei verschluckt.

«Vidal! Wie Marina Vidal!»

28

Das monatliche Treffen der Ilumna fand in einem schatti-
gen Innenhof eines kleinen gemütlichen, typisch mallorquinischen Restaurants statt. Die Teilnehmer waren alle in eine an-
geregte Unterhaltung vertieft. Ausnahmsweise waren nicht
die Probleme der Teilhaber das zentrale Thema, sondern ihr
gemeinsamer Schmerz um Alejandros Verlust. Traurigkeit und
Fassungslosigkeit spiegelten sich in jedem einzelnen Gesicht
wider. Die kurzen tröstenden Worte, welche Blanca schweren
Herzens an die Gruppe richtete, war Balsam. Jedoch ein Hoffnungsschimmer blieb. als Blanca versicherte, die Vereinigung
Ilumna in Palma würde vorerst von ihr und Paulita weiterge-
führt werden. Im Anschluss gab sie einige positive Mitteilun-
gen bekannt, die dank der Organisation erreicht worden waren. Dank dem DNA-Test wurden bereits an einigen Standor-
ten Mutter und Kind wieder zusammengeführt. Der neuste
Fall war der einer fünfzigjährigen Frau, die auf diesem Weg
ihre fast achtzigjährige Mutter wiedergefunden hatte.

An diesem Morgen war Paulita nicht am verabredeten Ort
erschienen. Auch alle telefonischen Versuche blieben erfolglos. Blanca hoffte, dass Paulita am heutigen Treffen der Ilumi-
na erscheinen würde. Gestern Abend waren sie sich schliesslich einig gewesen, die Zusammenkunft gemeinsam mit ein
paar positiven Worten an die Teilnehmer zu eröffnen. Als Paulita nach einer Stunde noch immer nicht eingetroffen war und
sich die Fragen der Anwesenden über ihre Absenz häuften,
wurde Blancas Unruhe immer grösser.

Alejandros gewaltsamer Tod war das Dauerthema während
des Nachtessens.

Inmitten der Gesellschaft befand sich eine Person, die zum
ersten Mal an einem der Treffen teilnahm. Juan hatte bei sei-

nem letzten Gespräch mit Paulita erfahren, wann die nächste Zusammenkunft stattfand und hatte es zum Glück noch rechtzeitig geschafft, um Blancas Rede beizuwohnen. Er hatte die unbekannte Frau, die Marina zur Beerdigung begleitet hatte, sofort wiedererkannt. Er hatte sich vorgenommen, gleich nach ihrer Rede auf sie zuzugehen und sie kennenzulernen. Doch auf dem Weg zu ihr, wurde er ungewollt in verschiedene Gespräche verwickelt. Auch die Unbekannte befand sich in einer heftigen Debatte. Die berührenden Unterhaltungen, all die Schilderungen und Erlebnisse der Betroffenen führten Juan in eine triste Welt, in ein düsteres Kapitel, das lange Schatten warf. Erst jetzt wurde ihm bewusst, welch wichtiger Rettungsanker die Organisation Ilumna für sie alle war. Die Geschichten berührten ihn sehr. Er vergass dabei, dass er als Polizist hier war. Erneut suchte er nach Blanca. Er schritt durch den Innenhof und hielt im Restaurant nach ihr Ausschau. Sie war unauffindbar. Später erfuhr er, dass sie die Veranstaltung bereits verlassen hatte.

Blanca verspürte kein Bedürfnis, nach Hause zu gehen. Abgesehen davon hätte sie auch nicht schlafen können. Sie liess sich ziellos durch die Gassen der Altstadt treiben. Um diese Uhrzeit war es still und menschenleer. Nur am Passeig de Born, wo die Einheimischen mit ihren Kindern auf der breiten Fussgängerpromenade flanierten, waren die Cafes noch besetzt. Hübsch gekleidet, wie jeden Freitagabend, sassen ganze Familien auf den Bänken, um sich zu unterhalten und den ersten freien Abend des Wochenendes zu geniessen.

Blanca kam an Paulitas Haus vorbei. Trotz der späten Uhrzeit, erlaubte sie sich, nochmals auf die Klingel zu drücken. Doch niemand meldete sich.

Dass Juan als letzter im Büro auftauchte, war seit Jahren nicht mehr vorgekommen. Der fehlende Schlaf der vorletzten Nacht hatte ihn in der letzten Nacht eingeholt, so stark, dass ihn das Klingeln des Weckers nicht aus seiner Ruhe reissen konnte.

Beim Eintreten ins Vernehmungszimmer hatte er damit gerechnet, Emilio Vidal würde dort sitzen, da man ihn bereits vorgeladen hatte. Juan wollte in Erfahrung bringen, in welchem Verhältnis er zu Marina stand und weshalb seine Anwesenheit die beiden Frauen dermassen erschreckt hatte.

Er rief nach Lucero, weil er erfahren wollte, warum Emilio Vidal nicht erschienen war. In diesem Moment betraten Estrella und Lucero gemeinsam sein Büro. Sie teilten ihm mit, dass Emilio heute Morgen früh abgereist sei. Gemäss den Aussagen des Hotelpersonals, hatte ihn gestern Abend spät eine Dame besucht. Kurz nachdem sie ihn wieder verlassen hatte, habe Vidal an der Rezeption seine Rechnung verlangt. Er habe umgehend und mit der Begründung bezahlt, dass er dringend und unverhofft am frühen Morgen abreisen müsse.

«Ein Schweizer Arzt, der nach dem Besuch einer Dame umgehend abreist?», fragte Juan nachdenklich. «Was könnte der Grund sein?»

«Vielleicht seine Geliebte, mit der er kurzfristig verreisen wollte, oder ein Notfall, der ihn nach Hause beorderte.»

Juan fiel Estrella ins Wort: «Du sagtest, er sei Schweizer. Wir müssen sofort zum Flughafen. Falls er in die Schweiz zurückfliegen will, haben wir eine Chance, ihn aufzuhalten. Ich glaube, der erste Flug in die Schweiz geht erst gegen Mittag.»

Lucero war kurz darauf telefonisch mit dem Flughafen verbunden. Er machte sich unmittelbar auf den Weg dorthin.

Während all der Jahre bei der Polizei hatte Juan seinen Beruf über alles geliebt. Es war das erste Mal, dass er am liebsten aus der Haut gefahren wäre beim Gedanken, Marina erneut verhören zu müssen. Einen Moment lang stellte er sich vor, wie schön es wäre, sie anzurufen, sie zum Essen einzuladen und mit ihr zusammen ein Wochenende zu verbringen. Es machte keinen Sinn weiter zu träumen, denn die Sachlage liess es nicht zu, länger in den Wolken zu schweben. Die Realität sah anders aus. Er musste einen Fall lösen, in den die Frau seiner Träume offensichtlich stärker involviert war, als er sich vorstellen konnte. Er nahm sich vor, zuerst auf Emilio Vidals Bericht zu warten und herauszufinden, ob ihm eine Marina mit gleichem Nachnamen bekannt war.

Das Treffen am Vortag beschäftigte ihn immer noch. Mit einer Tasse Kaffee setzte er sich an den Schreibtisch und surfte im Internet, um noch mehr Informationen über die erschütternden Geschichten der verlorenen Kinder zu sammeln und nicht zuletzt darüber, warum man die Ilumna gegründet hatte.

Viele der Betroffenen tauschen sich via Facebook aus und unterhielten sich in den Chat-Rooms miteinander. Er scrollte Seite um Seite durch und vergass dabei völlig die Zeit.

Der Anruf riss ihn aus seiner Beschäftigung. Lucero war am Apparat. Er verkündete stolz, dass er mit Emilio Vidal auf dem Weg ins Polizeirevier sei.

Die Zeit reichte, um zum Cafe Placa zu laufen und einen Cortado zu Leibe zu führen, bevor Lucero eintraf. Ein ganzes Rudel deutscher Touristen stürzte sich vor seiner Nase auf die noch freien Plätze. Juan ärgerte sich darüber, denn es würde eine geraume Zeit dauern, bis er endlich zu seinem Cortado kam. Zwei der grössten Kreuzfahrtschiffe ankerten im Hafen und gegen sechstausend Passagiere verstopften die engen Altstadtgassen. Juan hoffte, Lucero würde mit dem Auto seine Mühe haben vorwärts zu kommen und sich deshalb verspäten.

Als Juan zurück in sein Büro kam, traute er seinen Augen nicht. Da sass doch tatsächlich seine liebe Schwester an seinem Schreibtisch und starrte auf seinen Computer. Sie begrüsste ihn mit einem kurzen «na endlich», während ihr Blick starr am Bildschirm hängen blieb. «Das ist ja unglaublich, dass es so was gibt und das in unserem Land!»

Juan verstand erst gar nichts, bis ihm klar wurde, dass er beim Verlassen seines Büros vergessen hatte, seine Webseiten zu schliessen.

«Verkaufte Kinder und all diese Hilferufe, ich kann es nicht fassen.», rief sie empört und kopfschüttelnd. «Hat das mit deinem neuen Fall zu tun?» Sie spähte weiter entsetzt auf den Bildschirm.

«Elena, verdammt, was machst du hier? Du kannst doch nicht einfach in mein Büro platzen und in meinen Dingen schnüffeln!», wetterte Juan.

«Du brauchst mich gar nicht so anzupfeifen! Ich suche seit Tagen ein Gespräch mit dir. Entweder meldest du dich nicht zurück oder du klemmst mich einfach ab. Was bleibt mir denn anderes übrig, als bei dir im Büro aufzutauchen?», verteidigte sich Elena.

Juans frostiger Gesichtsausdruck verriet, wie sehr er sich über ihr Erscheinen entrüstete. Seine betont klaren Worte liessen sie zusammenzucken. «Ich habe einen Fall zu lösen und daher momentan einfach keine Zeit für dich. Verstehst du? Keine Zeit! Weder für dich noch für etwas anderes. Verlass jetzt bitte mein Büro. Ich melde mich, sobald diese Geschichte abgeschlossen ist!»

Jetzt platze sogar Elena der Kragen: «Mir bleibt ja gar keine andere Möglichkeit, als persönlich hier aufzutauchen, denn es gibt etwas, das ich dir schon lange mitteilen möchte. Dein Pfarrer...»

Sie wurde jäh unterbrochen, als Lucero den Raum betrat. Grusslos empörte sich dessen Begleiter und zeigte mit dem Finger auf Juan, während er lauthals schrie: «Das wird Sie teuer zu stehen kommen!» Sie haben kein Recht, mich wie einen Verbrecher zu behandeln.»

Elena war geschockt und spätestens jetzt merkte sie, wie deplaziert sie hier war. Unauffällig und schnell war ihr Abgang. Wieder hatte sie Juan nicht mitteilen können, was ihr so wichtig erschien.

30

Wo einst Mühlen standen, die dem kleinen Fischerdorf vor Palmas Toren ihren Namen gaben, wurden jetzt viele der renovierungsbedürftigen Fischerhäuser an der Meerespromenade ausgebaut und modernisiert: Fischerhütten, die zu Luxusappartements umgewandelt wurden. Der einst in Vergessenheit geratene Ort Molinar hatte sich in den letzten Jahren zum In-Viertel gemausert. Die über vier Kilometer lange Strandpromenade lockte nach der Fertigstellung des Küstenradweges Jung und Alt zum Flanieren und Radfahren an.

Das schmale Häuschen mit dem erdfarbenen Verputz und den grünen Fensterläden unterschied sich kaum von den übrigen Fischerhäusern, die ihr Flair noch nicht verloren hatten. Vor dem Hauseingang befand sich ein kleiner bescheidener Sitzplatz, der – getrennt durch eine kleine Mauer – direkt zum Fussgängerweg führte. Trat man in ein Haus, stand man in der dürftigen Küche, die gleichzeitig auch Wohnraum war. Eine steile Treppe führte hoch zum Schlafzimmer. Von da aus führte eine weitere Treppe in das nächste Zimmer.

Elena hatte ihr Elternhaus nie verlassen. Juan und sie waren sich nach dem Tod ihrer Eltern einig gewesen, dass Elena darin wohnen blieb und Juan sich eine Wohnung in der Altstadt von Palma suchte. Heute war es für Elena ein Rätsel, wie die vierköpfige Familie es damals geschafft hatte, auf diesem engen Platz zu wohnen. Sie und ihr Bruder hatten die meiste Zeit vor dem Haus am Strand verbracht. Elena hätte sich nicht vorstellen können, an einem anderen Ort zu leben. Sie hätte den Meeresgesang, die wechselnden Farben des Wassers und die Sonnenuntergänge am Horizont vermisst.

Nach dem stürmischen Abgang aus Juans Büro, rannte sie zurück zu ihrem Pedicure-Salon, wo sie ihr Fahrrad deponiert hatte, und radelte in einem Höllentempo nach Hause. Zum Glück war heute ihr freier Tag.

Sie sprang die beiden Treppen hoch ins oberste Zimmer, wo sich ihr Computer befand. Sie erwartete es kaum, die Seite aufzurufen, die sie heute in Juans Büro auf dessen Bildschirm entdeckt hatte: die Homepage der Ilumna.

Sie hatte zwar von den gestohlenen Kindern in den Zeitungen gelesen, war sich aber nie über das ganze Ausmass bewusst gewesen. Sie sah sich die Homepage der Ilumna genauer an und erfasste erst jetzt diese Tragödie. Als sie auf der Chatseite, in der Betroffene sich untereinander austauschten, einige der Aussagen und Gespräche überflog, musste sie gegen die Tränen kämpfen. Auf den folgenden Seiten fand sie Fotos von Betroffenen, die auf der Suche nach ihren Müttern, Kindern oder Geschwistern waren. Elena blätterte Seite um Seite weiter und las mal da, mal dort die kurzen Kommentare und Hilferufe durch, die neben den Abbildungen der betroffenen Personen standen. Satz um Satz, Foto um Foto – sie scrollte immer weiter, bis sie unverhofft an einem Porträt hängen blieb.

31

Juan lies sich von den Drohungen seines Gegenübers nicht einschüchtern. Er war sich bewusst, dass dieser alles andere als erfreut war, anstatt im Flugzeug auf dem Polizeirevier zu sitzen. Trotzdem reichten ihm dessen Wutausbrüche. Er fuhr mit seiner Faust energisch auf den Schreibtisch und schrie, was die Kehle hergab: «Es reicht! Sie führen sich ja wie ein widerspenstiger Erstklässler auf! Wir würden Ihnen jetzt einfach gerne ein paar Fragen stellen!»

«Na, dann fragen Sie doch endlich, was sie so dringend wissen wollen», erwiderte Emilio schnippisch.

«Bitte nennen Sie mir ihren Namen.»

«Emilio Vidal, wie Sie ja bekanntlich bereits wissen. Haben Sie noch eine weitere so wichtige Frage?»

«OK, wir wissen aus dem Hotel, in dem Sie die letzten Tage verbrachten, dass Sie Arzt sind und in der Schweiz praktizieren. Ihrem spanischen Nachnamen und Ihrem perfekten Spanisch nach zu urteilen, müssen sie Spanier sein. Richtig?»

«Richtig», war die knappe Antwort.

«Aus welchem Grund waren sie hier in Palma?»

«Waren? Dank Ihnen bin ich es immer noch.» Sein unsympathischer Ausdruck brachte Juan fast zur Weissglut. Woher nahm dieser Typ bloss sein widerliches Benehmen?

«Ferien!», kam es eben so knapp daher wie seine vorhergehende Antwort.

«Sie verbrachten also hier ihre Ferien. Alleine?»

«Alleine.»

«Kennen Sie jemanden hier?», fragte Juan geduldig weiter.

«Kann schon sein.»

«Geht es vielleicht auch etwas ausführlicher und freundlicher?», war Juans nächste Bemerkung.

«Ja, ich kenne Leute hier, die sind aber nicht wichtig.»

Langsam platzte Juan der Kragen, und er kam direkt zur Sache. «Sagt Ihnen der Name Marina Vidal etwas? Handelt es sich hier um eine Verwandte mit gleichem Nachnamen?»

Emilio fragte sich, woher der Kommissar Marina kannte. Die Antwort kam zögernd und erneut kurz:

«Ja.» Er hielt einen Moment inne, bevor er leicht ängstlich meinte: «Warum wollen Sie das wissen? Ist ihr etwas passiert?»

«Es ist ihr nichts passiert. Welche Verbindung gibt es zwischen Ihnen und Marina?»

«Eine Tochter-Vater-Verbindung.»

Juan stockte der Atem, obwohl er eigentlich mit einer solchen Antwort hatte rechnen müssen. Warum hatte ihm Marina nichts von ihrem Vater erzählt, wo sie sich doch zur selben Zeit wie er in Palma aufhielt?

Das Verhör zog sich weiterhin mühsam in die Länge, bis die Polizisten endlich erfuhren, dass Vidals Frau ihn verlassen hatte. Er erklärte, dass seine Tochter hier ihre Ferien verbrachte. Da er gewusst hatte, dass seine Frau ebenfalls für ein paar Tage nach Palma kommen wollte, hoffte er, sich mit den beiden treffen zu können. Er wollte sie bitten, wieder zurück zu kommen. Er vermisste seine Familie. Im Verlauf des Gesprächs wurde Juan nun auch klar, wer an der Beerdigung die Frau an Marinas Seite gewesen sein musste: Marinas Mutter. Dieselbe Frau, welche am Abend zuvor am Treffen der Ilumna ihre Worte an die Betroffenen gerichtet hatte.

«War's das?» wollte Emilio ungeduldig wissen.

«Nein, das war's noch nicht », antwortete Juan ziemlich verärgert. «Sagt Ihnen der Name Alejandro Savall etwas?»

«Alejandro Savall? Alejandro Savall? Ist das nicht der Tote, von dem in der Zeitung berichtet wurde? Ne, kenne ich nicht.»

«Dann will ich Ihnen mal ein bisschen auf die Sprünge helfen. Wir haben einen Zeugen, der behauptet, Sie beobachtet zu haben, als Sie bei Savall einen Besuch abstatteten. Durch das offene Fenster hatte er gehört, dass Sie mit ihm eine laute Auseinandersetzung führten, worauf sie eilig das Haus wieder verliessen. Die Beschreibung des Zeugen passt haargenau auf Sie.»

Leicht verstört verteidigte sich Emilio. Er behauptete, dies müsse eine Verwechslung sein.

Juan sagte, er könne diesen Zeugen jederzeit aufs Revier für eine Gegenüberstellung beordern.

Das Blut schoss Emilio in den Kopf, und seine Kaltschnäuzigkeit wechselte zu Verlegenheit. Er fühlte sich ertappt.

32

Blanca und Marina waren beruhigt. Emilio hatte eingesehen, dass es das Beste war, seinen Koffer zu packen und nach Hause zu fliegen. Blancas Besuch im Hotel hatte sich gelohnt. Sie machte ihm unmissverständlich klar, dass es definitiv aus war zwischen ihnen und er keine Familie mehr hatte. Als er dann da sass wie ein elendiglich geschlagener Hund, verspürte sie einen kurzen Stich im Herz. Doch nach dem darauffolgenden Streit packte er freiwillig seinen Koffer und versprach, so bald wie möglich abzureisen.

Marina lehnte auf ihrer Terrasse ans Geländer und schaute nachdenklich über die Dächer. Immer wieder schwenkte ihr Blick hinüber zur kleinen Terrasse, wo der Tote gelegen hatte. Blanca trat neben sie. Sie sah niedergeschlagen aus. Marina legte ihren Arm um sie und meinte tröstend: «Ach, Mama, das wird schon wieder. Wir dürfen jetzt nicht in Traurigkeit versinken.»

Blanca nickte. Was würde sie bloss ohne ihre Tochter machen? Wie wäre ihr Leben ohne sie verlaufen? Sie brauchten einander mehr denn je, und jeder brauchte die Unterstützung der Anderen. «Mich beschäftigen tausend Dinge», sagte Blanca nachdenklich. «Der Tod von Alejandro, die Ungewissheit, warum Paulita sich nicht meldet und dann die Auseinandersetzung gestern mit Emilio.»

«Du hast Papa gesehen?», fragte Marina völlig verdattert.

Blanca gestand, dass sie bei ihm im Hotel gewesen war, um ihm klar zu machen, dass es für ihn keine Frau und Tochter mehr gab. Es würde sich nicht lohnen, länger in Palma zu bleiben und zu hoffen, das Blatt würde sich wenden. Nun bekam auch Marina wässrige Augen. Sie hatte ihren Papa so geliebt. Irgendwie liebte sie ihn auch heute noch. Doch was er getan hatte, war unverzeihlich. Das Band zwischen ihnen war gerissen. Ob sich ihr Verhältnis jemals wieder bessern würde, stand in den Sternen. Schliesslich bestand ihr ganzes Familienleben aus einer einzig grossen Lüge.

Blanca gestand, dass sie Emilio gefragt hatte, ob er Alejandro umgebracht habe. Schliesslich hätte er ein ganz klares Motiv gehabt. «Meine Frage versetzte ihn in rasende Wut. Er warf mich kurzerhand aus dem Zimmer. Jedenfalls denke ich, dass er momentan auf der Heimreise sein muss.»

Marina verstand Blancas Anschuldigung. Wenn sie ehrlich mit sich selber war, hatte sie selber schon daran gedacht.

Es waren nicht die einzigen Sorgen, die Blanca beschäftigten. Sie fürchtete unterdessen je länger desto mehr, Paulita könnte etwas zugestossen sein. Sie hatte sich noch immer nicht gemeldet und war weiterhin weder ans Handy gegangen noch hatte sie auf das Klingeln an der Haustür reagiert. Es war bereits der zweite Tag ohne ein Lebenszeichen von ihr.

«Wir müssen Paulita bei der Polizei als vermisst melden», sagte Blanca zu ihrer Tochter.

Auch Marina wusste nicht mehr, wie es weitergehen sollte. Sie musste Juan informieren.

Sie standen noch einige Minuten schweigend da und blickten nachdenklich über die Dächer hinweg, als Marina plötzlich ein eigenartiges Gefühl überkam. Täuschte sie sich, oder wurden sie von einer der Terrassen aus beobachtet?

33

Nach ihrer Entdeckung auf der Seite der Ilumna, rief Elena Rosita an. Sie erinnerte sich an Rositas Aussage, dass sie den Pfarrer an der *Nit de l`Art* auf der Terrasse der Galerie beobachtet hatte, während er ständig in dieselbe Richtung geblickt habe. Es interessierte sie, ob sie wusste, wohin er genau geschaut hatte.

«Ja, klar weiss ich, wohin der guckte», beantwortete Rosita die telefonische Anfrage. «Zur Terrasse von Camila und Alfonso Ferrer. Das wunderte mich, weil ich weiss, dass die Wohnung seit Camilas Tod unbewohnt ist.»

Rosita berichtete, die Ferrers seien gute Freunde gewesen. Ihr Mann Pablo und Alfonso hätten sich zu Lebzeiten abends immer zu einem Glas Wein in einer der umliegenden Bars getroffen. Ihre Kinder und die Tochter der Ferrers hätten früher fast täglich zusammen gespielt. Die kleine Blanca sei ein süsses Kind gewesen. Rosita kam ins Schwärmen und hätte vermutlich noch stundenlang von den alten Zeiten berichtet, hätte Elena sie nicht unterbrochen.

«Hör mal Rosita, du kannst mir gerne ein andermal weitererzählen. Ich muss unbedingt, wissen, ob du an jenem Abend auf der Terrasse der Ferrers jemanden gesehen hast.»

Rosita musste nicht lange nachdenken. «Licht hatte ich gesehen. Ich vermutete, dass Blanca da war. Vielleicht verbringt sie zurzeit ihre Ferien hier.»

Während Rosita weiter mit Elena telefonierte, trat sie mit dem Hörer in der Hand auf ihre Terrasse und blickte hoch zu den Ferrers. In derselben Sekunde rief sie aufgeregt: «Da sind zwei Personen auf der Terrasse der Ferrers!»

«Ich bin in zehn Minuten bei dir», brülle Elena zurück. «Hol schon mal das Fernglas!»

Als Elena bei Rosita eintraf, wusste diese bereits Bescheid, um wen es sich handelte. Sie hatte ganz eindeutig Blanca durch das Fernglas erkannt. Die junge Frau, die neben ihr am Geländer lehnte, musste ihre Tochter sein. Sie hatte Blancas Tochter noch nie kennengelernt und trotzdem kam sie ihr irgendwie bekannt vor. Sie wusste nur nicht, woher.

Elena konnte noch rechtzeitig einen Blick durch das Fernglas erhaschen, bevor die beiden Frauen in der Wohnung verschwanden. Elena traute ihren Augen nicht. Sie erkannte sie sofort wieder. Es war die Frau, mit der sie Juan in der Bar angetroffen hatte. Die Frau, die ihren Bruder eben hatte küssen wollen, als Elena mit ihrer Freundin zur Tür hereinkam. Elena rauchte der Kopf. Das konnte doch alles nicht wahr sein. Erst dieses ihr bekannte Gesicht auf der Homepage von Ilumna und nun noch das hier.

Der absolute Höhepunkt war erreicht, als Rosita, von allen guten Geistern verlassen, von ihrem Sessel aufsprang, sich an den Kopf griff und herausplatzte: «Jetzt weiss ich, warum ich glaubte, Blancas Tochter schon einmal gesehen zu haben. Es ist ihr lockiges Haar, das mir auffiel. Sie war es, die ich in den Armen des Pfarrers sah!»

34

Mit jedem Wort, das Juan Emilio aus der Nase ziehen musste, erschien er ihm unsympathischer. Sein hochnäsiges Benehmen war fehl am Platz. Juan brauchte beinahe eine Stunde, bis Vidal endlich gestand, im Pfarrhaus gewesen zu sein und Streit mit Alejandro gehabt zu haben.

Seine Aussage, dass der Pfarrer ihm seine Frau ausgespannt hatte und seine Ehe daher in die Brüche gegangen war, klang irgendwie glaubwürdig. Er habe mit Alejandro sprechen und ihn bitten wollen, seine Finger von Blanca zu lassen, was schlussendlich in einer lautstarken Auseinandersetzung geendet hatte. Ob dies die Wahrheit war oder nicht – auf jeden Fall wäre es ein Motiv für einen Mord gewesen. Zudem hatte er kein Alibi für den fraglichen Abend. Er behauptete, wie viele andere Besucher habe er sich einfach im Strom der Leute treiben lassen. Habe mal ein Auge da und ein Auge dort reingeworfen. Er könne sich nicht erinnern, in der Galerie RR gewesen zu sein.

Da er als Tatverdächtiger galt, musste er vorerst bis Montag in Palma bleiben. Wutentbrannt verließ Emilio das Polizeigebäude, obwohl er froh war, sich wieder im Hotel einquartieren zu dürfen und nicht in Untersuchungshaft bleiben zu müssen.

Juan nahm sich vor, Estrella zu beauftragen, nochmals das Video anzusehen. Sollte Emilio an diesem Abend gleichwohl in der Galerie RR gewesen sein, würde sich der Verdacht auf ihn eindeutig erhärten.

Das Gastspiel hatte eben sein Ende genommen und das halsstarrige Mannsstück das Büro verlassen, als Juans Telefon klingelte.

Für einen Moment verschlug es ihm die Sprache, als er vernahm, wer am anderen Ende war. Mit Marina hatte er zuletzt gerechnet. Er musste sich zusammenreissen, ihr nicht als erstes mitzuteilen, dass soeben ihr Herr Vater das Büro verlassen hatte. Er liess sich seine Überraschung über ihren Anruf nicht anmerken.

Marina kam gleich zu ihrem Anliegen und berichtete, dass sie sich um Paulita Sorgen mache. Sie versuche sie seit zwei Tagen erfolglos zu erreichen. Sie schilderte, dass sie und ihre Mutter mit Paulita am Abend des Sturms noch zusammen gewesen waren. Am späteren Abend habe Paulita sich dann alleine auf den Nachhauseweg gemacht und seither hätten sie von ihr weder etwas gesehen noch gehört.

«Schön, dass ich auf diese Weise auch einmal von der Existenz deiner Mutter erfahre», bemerkte Juan.

«Das ist doch jetzt nicht wichtig», erwiderte Marina.

«Wie wichtig es ist, wird sich ja vielleicht noch zeigen. Wir verbrachten einen wunderschönen Abend zusammen, erzählten uns aus unserem Leben und du erwähntest mit keinem einzigen Wort deine Mutter. Was hast du eigentlich mit Paulita am Hut?»

Marina fühlte sich nicht mehr wohl in ihrer Haut und war froh, Juan nicht persönlich vor sich zu haben. Am Telefon war dies alles irgendwie einfacher.

«Meine Mutter und Paulita kennen sich», antwortete Marina hörbar nervös. «Die beiden sind für dieselbe Organisation tätig. Sie waren am Freitag miteinander verabredet, aber Paulita ist nicht gekommen und hat sich auch nicht gemeldet.»

Juan berichtete, dass er inzwischen wisse, wer ihre Mutter sei und dass er beim Treffen am Freitagabend ebenfalls anwesend gewesen war. «Deine Mutter kannte also den Toten», bemerkte er, «schliesslich war sie für die Organisation tätig, die Alejandro Savall ins Leben rief.»

«Richtig», antwortete Marina kurz.

Genau wie dein Vater, dachte Juan, als er ihre minimalistische Antwort hörte. Er musste sich beherrschen, sie nicht darauf anzusprechen.

«Und du hast es wohl ebenfalls als nicht wichtig erachtet, mich darüber zu informieren? Wie konntest du mir bloss so etwas Relevantes vorenthalten», kam es vorwurfsvoll zurück.

«Ich hab's einfach vergessen und überhaupt Juan, im Moment ist es wichtiger, Paulita zu finden. Vielleicht ist ihr etwas zugestossen!»

Nun platzte Juan langsam der Kragen. Wie konnte sie es sich so einfach machen. Deutlich lauter machte er Marina klar, dass bei einer Ermittlung alles von Wichtigkeit sei. Erst recht, wenn die eigene Mutter den Toten gekannt hatte. Er wollte wissen, ob sie den Pfarrer vor dessen Tod bereits gekannt und dies ebenfalls verschwiegen hatte.

Anstelle einer Antwort kam bloss ein Flehen, er solle nun endlich etwas unternehmen, um Paulita zu finden, bevor es zu spät war. Widerwillig beendete er den Anruf mit dem Versprechen, sich um die Vermisste zu kümmern.

Er erhob sich vom Bürostuhl, nahm sein Handy zur Hand und entdeckte auf dem Display fünf unbeantwortete Anrufe. Wie konnte es anders sein: alle von Elena. Er war heilfroh, hatte er auf lautlos gestellt.

35

Bodega statt Ballermann war das Motto der deutschen Reise-
gruppe, die auf ihrer Besichtigungstour mit dem Weinexpress
vor der Eingangstür des Guts anhielt. Die alte Strassenbahn
führte durch die Felder und Weinberge und stoppte bei diversen Weingütern. Die spezielle Gourmettour fand ihre letzte
Station und zugleich ihren Höhepunkt in Sanchos Bodega.

«Welch eine Ruhe, welch wunderschöne Landschaft!», jubel-
te der Besucher, der als erster aus dem Bähnchen stieg und auf
das mächtige Eingangstor zuging.

Gabriel und Sancho hiessen die Gruppe herzlich willkommen. Der hochgewachsene und für einen Koch ungewöhnlich
schlanke Gabriel wirkte neben Sanchos unförmiger Figur noch
grösser. Der viel zu kurze Hals und der grosse rundliche Kopf
mit den strähnigen Haaren machten Sancho definitiv nicht zu
einem attraktiven Mannsbild.

Es gab in der Gegend einige Winzer, die sich zusammenta-
ten, um neben den Besichtigungstouren durch die Bodegas,
zusätzlich kulinarische Spezialitäten anzubieten. Allem voran
das beliebte Olivenöl. Keiner konnte allerdings die Symbiose
zwischen Sancho und Gabriel überbieten.

Sancho führte die Gruppe durch die Bodega, zählte die Reb-
sorten auf, gab Erklärungen zur Verarbeitung und Lagerung
ab. Erfahrungsgemäss dauerte der Gang durch die Keller um
die dreissig Minuten. Gabriel wartete ungeduldig, bis die
Gruppe endlich wieder zurück kam. Er ging hin und her vor
seinem appetitlich zubereiteten Tapas-Buffet, das der krönen-
de Abschluss der Tour war. Er verstand nicht, warum Sancho
mit den Besuchern noch nicht da war. Er wusste, dass Gabriel
bald wieder los musste, da am Abend bereits der nächste An-
lass auf ihn wartete, für den er sich noch vorbereiten musste.

Samstag war meist der strengste Tag der Woche. Da wollten alle feiern und speisen.

Als Gabriel in den Keller ging, um nachzusehen, wo die Gruppe steckte, stellte er fest, dass Sancho ungewöhnlich weit ausholte, alles bis ins kleinste Detail erklärte und schilderte, was im Prinzip überhaupt nicht seiner Art entsprach. Sancho war normalerweise ein Mann kurzer und karger Worte. Selbst als die Gruppe sich dann endlich am Buffet bediente und dies wie üblich der Abschluss des Anlasses bedeutete, öffnete Sancho erneut Flasche um Flasche zum Degustieren. Das Ganze zog sich unendlich in die Länge. Es zerrte Gabriel langsam am letzten Nerv.

Er deutete auf die Uhr und gab seinem Partner zu verstehen, endlich ein Ende zu finden. Er verspürte ein leichtes Kribbeln an seinem Hinterkopf. Ein klares Zeichen dafür, dass er sich kurz vor einem Wutausbruch befand. Er fragte sich, was heute bloss in seinen Winzerfreund gefahren war. Der tat ja beinahe so, als wäre das sein letzter Gang durch seine Keller. So kannte er ihn gar nicht.

Nachdem mit zwei Stunden Verspätung die Besucher endlich mit der Bimmelbahn das Gut verlassen hatten, verabschiedete sich Gabriel gereizt und sichtlich gestresst von seinem Arbeitspartner. Er hatte zu viel Zeit verloren. Er rannte über den Hof zu seinem Auto, als er beinahe mit dem Postboten zusammenstiess.

Das Glas Wein, welches der Postbote beim Austragen des Postguts üblicherweise offeriert bekam, blieb heute aus. Sancho nahm die Briefe entgegen und verabschiedete sich sofort wieder.

In seinem Büro blätterte er die Postsachen lustlos durch. Eigentlich müssten ihn die Sendungen nicht mehr interessieren, ging es ihm durch den Kopf. Doch plötzlich war sein Interesse doch geweckt, als er auf einem der Couverts den Absender las.

Nachdem er das Schreiben geöffnet hatte, wurde ihm leicht schwindlig. Die wenigen Informationen, ein Name und eine Adresse rissen ihm den Boden unter den Füssen weg.

Er wusste nicht, wie lange er bewegungslos auf das Papier gestarrt hatte, als sich die Tür zu seinem Büro öffnete und sie eintrat.

Das Bild, welches sich ihr bot, sprach Bände. Sie wusste ganz genau, was geschehen war.

36

Juan und Lucero hatten ebenfalls erfolglos versucht, Paulita telefonisch zu erreichen. Sie beschlossen daher, in der Wohnung des Pfarrers nach ihr zu suchen. Obwohl die Wohnung offiziell auch für Paulita gesperrt war, bestand die Möglichkeit, dass sie sich der Vorschrift widersetzt hatte und sich nun dort befand. Aus welchen Gründen auch immer. Schliesslich besass sie noch ihren Schlüssel.

Lucero verstand nicht, warum es Juan nicht schaffte, alleine die steilen Treppen hochzugehen, um nachzusehen. Er erinnerte sich, wie ihm der verflixte Aufstieg das letzte Mal in die Knochen gefahren war. Doch Juan bestand darauf, mit ihm hoch zu gehen. Er erreichte keuchend die Küche und staunte über das körperlich anstrengende Training des Pfarrers zu dessen Lebzeiten.

Alles schien unverändert. Keine Spuren von Paulita und auch keine Anzeichen dafür, dass sie irgendwann einmal da gewesen war. Lucero kämpfte sich von der Küche hoch ins Wohnzimmer und Schlafgemach. Er war froh, dass es von nun an abwärts ging.

Die beiden suchten nach dem kürzesten Weg durch die Gassen zu Paulitas Wohnung. Nach mehrmaligem Klingeln vor dem eisernen Tor, das zum Treppenhaus führte, schaffen sie es, auf dieselbe Weise ins Haus zu gelangen wie Estrella. Sie klingelten bei den Nachbarn, bis einer endlich den Knopf drückte und sich das schwere Tor öffnete. Vor der Eingangstür zu Paulitas Wohnung versuchten sie es mit Klopfen und Rufen. Sie sahen jedoch keinen anderen Ausweg, als die Tür gewaltsam zu öffnen, was Lucero ein Vielfaches mehr an Kondition und Kraft abverlangte als die steilen Stufen im Pfarrhaus.

Der Wohnraum glich einer Sauna, die Sonne wirkte grell. Durch die Fenster erkannte man die unverbaute Sicht aufs

Meer. Juan stellte fest, dass sich über mehrere Stunden niemand mehr in der Wohnung aufgehalten hatte. Die Luft roch abgestanden. Für gewöhnlich wurden bei diesen hohen Temperaturen die Fensterläden geschlossen, vor allem gegen Süden. Doch sie alle standen offen.

Im Wohnzimmer befanden sich ein helles Ledersofa und ein dazupassender Sessel. Eine schwere Holzwohnwand erdrückte den Raum optisch. Angrenzend befand sich eine schöne Küche im typisch mallorquinischen Stil mit einem grossen runden Esstisch. Ans Bad zum Hinterhof grenzte das geräumige Schlafzimmer. Auf dem Nachttisch neben dem ordentlich gemachten Bett stand ein Schwarzweissfoto, welches ein Kindergesicht zeigte. Ein etwa fünfjähriger Junge strahlte in die Kamera. Juan nahm das Bild zur Hand, betrachtete es eingehend und fragte sich, wer das Kind wohl sein mochte. Paulitas Patenkind? Obwohl für Juan alle Kinder mehr oder wenig gleich aussahen, hatte er das Gefühl, dass seine Gesichtszüge jemandem glichen. Er fand nicht heraus, wem.

Paulita schien ein äusserst ordentlicher Mensch zu sein. Daher wunderte sich Juan über die vielen zerknüllten Papiertaschentücher vor dem kleinen Tisch und vor dem Sofa im Wohnzimmer. War Paulita erkältet, oder hatte sie geweint? Und wenn sie geweint hatte, dann musste es ein heftiger Weinkrampf gewesen sein, an der Menge der Taschentücher zu urteilen. Hoffentlich hatte sie sich nichts angetan.

Wo steckte sie bloss? War sie überstürzt in die Ferien gefahren, ohne jemanden zu benachrichtigen? Sie wusste, dass sie sich in diesem Fall bei der Polizei hätte melden müssen, solange der Fall nicht abgeschlossen war.

Da Paulita erst seit knapp zwei Tagen vermisst wurde, wollten sie noch einen Tag warten und sie dann zur Fahndung ausschreiben.

Juan wurde nachdenklich. Hatte das Verschwinden etwas mit seinem Fall zu tun? Wer könnte Paulita etwas angetan haben? Vielleicht einer der Obdachlosen? Es hätte ihn nicht gewundert, wenn er sah, wie Paulita heute lebte. Eine grosszügig bezahlte Arbeit und eine Wohnung an bevorzugter Lage. Kein Wunder, wenn da Neid entstand bei ihren ehemaligen Kollegen, die auf der Strasse und von der Hand in den Mund leben mussten.

Beim Verlassen des Hauses sagte Juan: «Wir müssen endlich vorwärts kommen. Irgendwie hängen wir nur noch in den Seilen. Lucero, du machst dich mal darüber schlau, was unser Mordopfer betrifft. Ich will alles über Alejandro wissen. Und ich höre mich mal bei den Obdachlosen um.»

37

Die Aufregung war gross, als klar war, welche Frau kurz vor dessen Tod in Alejandros Armen gelegen hatte. Die Anspannung wuchs, nachdem Elena ihr Smartphone aus der Tasche genommen hatte und sich nun mit dem Internet verband. Sie musste Rosita erst erklären, wie man im Internet surfte und es möglich war, mit der ganzen Welt zu kommunizieren. In den sogenannten Chat-Rooms könne man mit jedermann plaudern. Auf der Homepage der Ilumna öffnete sie den Raum, in dem sich die Betroffenen austauschten. Elena zeigte Rosita den Gesprächsverlauf. Links des Textes befand sich jeweils eine Abbildung der betroffenen Person. Elena scrollte von der aktuellen Unterhaltung zurück. Plötzlich stoppte sie. Das Foto war klein und von Rositas alten Augen nicht zu erkennen. Als Elena mit dem Finger über das Display fuhr und das Foto sich vergrösserte, war Rosita völlig verblüfft, welche Möglichkeiten die heutige Technik bot. So etwas hatte sie noch nie gesehen. Sie brauchte nicht einmal ihre Brille, um die Person auf dem Foto zu erkennen.

Sie überflogen die diversen Dialoge, denn in erster Linie interessierten sie sich nur für die eine Person. Die meisten Botschaften bestanden lediglich aus einer oder zwei Zeilen. Elena scrollte zurück bis zum ersten Chat-Eintrag neben dem bekannten Gesicht.

Ich war die goldene Ausnahme. Mich wollte keiner.

Elena tippte über den Bildschirm bis zum nächsten Eintrag.

Alles Phrasen, doch die Opfer, die sich untereinander austauschten, verstanden genau, was sich dahinter alles verbarg.

Im Heim erlebte ich den Horror, den ich nicht mehr auslöschen kann.

Weitere Einträge folgten.

Ich starb fast vor Angst, wenn abends im Flur nochmals das Licht anging.

Er verlangte von mir, dass ich bete, während er unter meiner Decke kontrollierte, ob ich schlief.

Heute noch, wenn ich einen Priester auf der Strasse sehe, steigt in mir die Wut hoch und ich muss mich zusammenreissen, damit ich nicht die Kontrolle verliere.

Elena und Rosita schauten sich mit grossen Augen an. Jeder wusste, was der andere in diesem Moment dachte.

Ich sehne mich schon mein ganzes Leben nach der Liebe meiner Mutter.

Unterdessen kenne ich das Schwein, der die Babys damals ins Kloster brachte.

Ich suche meine Mutter. Ich bin im Jahre 1969 in Barcelona geboren. Den Tag kenne ich nicht.

Das Entsetzen in Rositas Augen war nicht zu übersehen. Sie wurde kreidebleich und fand kaum mehr Luft. Sie sah sich nochmals das Foto an und las wiederholt die dazugehörenden Sätze. Sie brauchte einen Augenblick, bevor sich Puzzlestein um Puzzlestein zusammenfügte, und Rosita erkannte, was sich damals ereignet hatte. Sie hielt sich die Hände vor die Augen.

«Um Himmels Willen, was ist denn bloss los mit dir? Geht es dir nicht gut?», sorgte sich Elena.

Sie zitterte, als sie sagte: «Welch ein Desaster! Welch Desaster! Gott sei Dank muss das Pablo nicht mehr miterleben.»

Elena verstand nicht, was ihr verstorbener Mann Gott sei Dank nicht mehr miterleben musste.

Leise begann Rosita zu erzählen, dass früher ihr Mann Pablo und sein Freund Alfonso, Blancas Vater, sich fast täglich zu einem Glas Wein in einer Bar getroffen hatten. Dort hatten sie auch immer wieder neue Leute kennengelernt. Eines Abends lernten sie einen Bauern aus der Inselmitte kennen. Sie tranken alle ein Glas über den Durst. Der Bauer begann, über seine fehlenden Nachkommen zu klagen. Es ging ihm um eine Arbeitskraft und dass in Zukunft jemand da sein würde, der ihn und seine Frau pflegte, wenn sie altern würden. Alfonso sprach üblicherweise nie darüber, dass seine Tochter nicht seine leibliche Tochter war. Doch nun erzählte er, wie er zu einer Tochter gekommen war, obwohl seine Frau keine Kinder bekommen konnte. Er gab ihm die Adresse von einem Kloster in Barcelona. Da würde er bestimmt ein Baby bekommen. Wochen später kam Pablo nach Hause und erzählte mir, sie hätten diesen Bauer wieder in der Bar getroffen. Er hätte ihnen eine Runde nach der anderen bezahlt und sich bei Alfonso für den guten Tipp bedankt. Er hätte grosses Glück gehabt, dass in dem genannten Kloster nicht bloss Kleinkinder angeboten wurden. Es gab einen achtjährigen Jungen, den bis anhin niemand hatte kaufen wollen. Für ihn sei das wie ein Sechser im Lotto gewesen, weil er ihn bereits als Arbeitskraft sah. Mit dem Geld, das er für ihn bezahlt hatte, hätte er sich ein paar neue Weinfässer kaufen können.»

Elena musste dreimal leer schlucken, bevor sie Juans Nummer wählte. Diesmal war sie aufgeregt und empört zugleich, als er sich wieder nicht meldete. Am liebsten hätte sie das Telefon an die Wand geknallt. Aufgewühlt und hektisch versuchte sie Rosita klar zu machen, jetzt die Ruhe zu bewahren. Sie musste dringend zu Juan aufs Polizeirevier, um ihn darüber in Kenntnis zu setzen.

Rosita hatte sich wieder etwas erholt, erhob sich aus ihrem Sessel und zog ihre Schuhe an.

«Was hast du denn vor?», wollte Elena wissen.

«Ich werde Blanca einen Besuch abstatten.»

Unterdessen wussten die beiden zu viel, um entspannt mit

ihrem Alltag fortzufahren. Das Detektivfieber hatte sie erfasst.

Elena musste schmunzeln ob der ulkigen Achtzigjährigen. Sie klopfte ihr auf die Schulter und meinte zu ihr: «Na, dann mal los, Miss Marple!»

38

Juan hasste den Samstag, was das Gedränge in der Stadt betraf. Zwei Ozeanriesen mit einer Kapazität von dreitausend Passagieren und zwei weitere kleinere Kreuzfahrtschiffe zur gleichen Zeit im Hafen brachten das Fass beinahe zum Überlaufen. Nicht nur die Gassen und Geschäfte wurden von der Menschenmenge überflutet, in den Restaurants und Cafes liefen sich die Kellner die Füsse wund.

Drei Penner hockten zusammen auf einer der Parkbank in der Born, und eine Obdachlose sass strickend auf einer Steinbank neben dem Brunnen. Sie lebten seit Jahren mehr oder weniger auf derselben Parkbank mit ihrem Hab und Gut, welches sich bei den Männern auf einen grossen Karton als Bett, einer Decke, einer Plastiktüte mit unappetitlichen Lebensmittel und mehreren Flaschen Alkohol beschränkte. Eine der weiblichen Obdachlosen hatte auf einem Art Schubkarren mehrere vollgestopfte Kartonkisten vor sich aufgestapelt, während eine andere, ausser ihrem Schlafsack, nichts zu besitzen schien. Juan steuerte zuerst auf die Blonde neben dem Springbrunnen zu. Ihr Zuhause war die rechte Seite der Steinbank. Abweisend drehte sie den Kopf, als sie ihn kommen sah. Vor allem die weiblichen Obdachlosen mochten es nicht, wenn man sie ansprach. Als Juan ihr einen zehn Euro-Schein unter die Nase hielt und um ein paar Auskünfte bat, waren sie schnell im Geschäft. Er wollte wissen, ob sie Paulita kannte. Die Mehrbessere, wie sie diese nannte, war ihr wohlbekannt.

«Ein Weibsbild, das sich an einen Priester mit Kohle ranmachte», schimpfte sie. Paulita schien ihr ein Dorn im Auge zu sein. Sie war der Ansicht, auch Obdachlose hätten eine Würde zu verlieren. Sie scheisse auf das Geld, lieber sterbe sie hier neben dem Brunnen, als sich für so etwas herzugeben.

Juan fragte, ob sie wisse, woher Paulita stammte und warum sie auf der Strasse gelandet war.

«Aus Barcelona mit der Fähre, hatte sie mal erzählt. Ihr Vermögen reichte gerade knapp für die Überfahrt. Deswegen sei die Strasse hier Endstation für sie gewesen.»

Als Juan wissen wollte, warum sie ausgerechnet nach Palma gekommen sei, meinte die Obdachlose, so viel sie wisse, wegen jemandem, den sie hoffte wiederzusehen. Auf die letzte Frage, ob Paulita verheiratet gewesen sei oder Kinder hatte, wusste sie keine Antwort.

Juan getraute dann doch noch, eine persönliche Frage zu stellen. Ob sie denn nicht ein wenig neidisch sei auf die Arbeit, die Paulita bekommen hatte.

Aufbegehrend und ziemlich unhöflich sagte sie: «Ganz bestimmt nicht! Da kriegt die eine gut bezahlte Arbeit und eine eigene Wohnung und ist noch immer unzufrieden, dass sie schlussendlich auch noch ihren Arbeitgeber umbringen muss, um an sein Vermögen zu kommen. Nein, danke, darauf bin ich nicht neidisch. Lieber bettelarm ohne Dach über dem Kopf als eine Mörderin mit Kohle!»

Es waren nur ein paar Schritte weiter zur Promenade der Born, wo die drei obdachlosen Männer sassen und sich eine Flasche Whisky teilten. Auch hier musste er ein paar Euro liegen lassen und versprechen, beim nächsten Besuch eine Flasche Vierzigprozentigen mitzubringen, bevor er seine Fragen überhaupt stellen konnte. Leider wussten die drei nicht mehr als ihre Kumpanin. Dass Paulita es auf das Vermögen des Pfarrers abgesehen hatte, war auch für sie so klar wie das Amen in der Kirche. Als kein Tropfen mehr aus der Flasche kam, streckte einer der drei die leere Flasche Juan entgegen und zeigte die Gasse runter.

«Fünfzig Meter und dann rechts über den Fussgängerstreifen und nochmals rechts befindet sich ein kleiner Lebensmittelladen. Dort kriegst du dasselbe Modell gefüllt. Und wenn du dich beeilst, dann vergesse ich vielleicht nicht, was mir eben noch in den Sinn gekommen ist.»

Juan kam sich wie ein Trottel vor, als er sich, wie von der Biene gestochen, erneut durch das Gewühl zwängte, um in dem Loch von Discountbude die gewünschte Flasche zu besorgen. Als er dann noch wie ein kleines Kind warten musste, bis der Penner endlich genug intus hatte, um seine Gehirnzellen zu aktivieren, befand sich Juan kurz vor dem Zerplatzen.

«Hatte mal meinen Schlafplatz neben ihr. Da erzählte sie mir, dass sie früher so etwas wie etwas Heiliges gewesen sei.»

«Etwas Heiliges, was meinst du mit heilig?», wollte Juan wissen.

«Ach irgendwas Religiöses, mit Kirche oder so. Vielleicht ist sie deswegen wieder bei einem Pfarrer unter gekommen. Das Pack hält doch zusammen.»

Er kippte einen weiteren Schluck in sich hinein und ergab sich seinem Suff. Sein Hirn schien nun endgültig lahm gelegt zu sein.

39

Elena war kurz vor dem Verzweifeln. Sie hätte sterben können und ihr Bruder hätte es ignoriert. Ihr Herz klopfte bis
zum Hals, als sie aus seinem leeren Büro in den Innenhof hin-
austrat und einen Blick hinüber zum Cafe Placa warf. Auch
dort war er nicht. Sie kehrte um, lief die paar Treppen hoch ins
Sekretariat. Sie kannte Estrella sehr gut. Dank der Empfeh-
lung ihres Bruders zählte sie auch zu ihren Manicure-Kundin-
nen.

Völlig erledigt liess sie sich von Estrella erst ein Glas Wasser
bringen. Jetzt musste sie einfach ihren Frust darüber loslas-
sen, dass sie seit Tagen versuchte, ihren Bruder zu erreichen
und er sie behandelte als wäre sie gar nicht auf dieser Welt. Sie
teilte Estrella mit, dass sie wichtige Hinweise habe, die Juans
aktuellen Fall betraf. Estrella wurde sofort hellhörig. Sie wusste, dass im Manicure-Studio von morgens früh bis abends spät
getratscht wurde. Gut möglich, dass Elena etwas Wichtiges zu
Ohren gekommen war. Und wenn sie diejenige wäre, die Juan
die News überbringen konnte, würde er bestimmt ein gutes
Wort für sie an der Polizeischule einlegen, die sie unbedingt
machen wollte.

Elena legte auf den Tisch, was sie über die Frau in den Armen des Pfarrers und über den Chat erfahren hatte. Als Elena
dann ihren Namen nannte, glaubte Estrella ihren Ohren nicht.
Marina wurde mehr als einmal verhört und hatte nie erwähnt,
dem Pfarrer am Abend seines Todes über den Weg gelaufen zu
sein, geschweige denn in seinen Armen gelegen zu haben. Elena lies Estrella wissen, dass sie Marina auch schon kurz kennengelernt hatte und erzählte ihr von der Begegnung in der
Bar. Das Erschreckende an der ganzen Sache war – und da waren sich beide Frauen einig –, dass Juan sich in diese Marina

verliebt zu haben schien. Was trieb eine Frau in die Arme eines Pfarrers, und kurz nach seinem Tod umgarnt sie bereits wieder einen Polizeibeamten? Wieder so eine, die nach Mallorca kam und das Gefühl hatte, sie müsse hier nachholen, was sie zu Hause verpasst hatte. Estrella konnte sich die Bemerkung nicht verkneifen, dass diese Art von Frauen am Ballermann besser aufgehoben war. War so eine Frau zu einem Mord fähig? Und das Motiv?

Nachdem Estrella sich auf ihrem Laptop durch die Chats gelesen hatte, musste sie zugeben, dass auch hier jemand einen Grund zum Morden gehabt hatte.

Plötzlich kam Estrella in den Sinn dass Juan sie beauftragt hatte, nochmals das Video der Mordnacht in der Galerie durchzusehen, um festzustellen, ob Emilio sich vielleicht nicht doch auch in der Galerie RR aufgehalten hatte. Elena war heiss darauf, das Video mit ansehen zu dürfen, womit Estrella sich sofort einverstanden erklärte. Nach dem, was Elena ihr eben mitgeteilt hatte, war Emilio nicht mehr die einzige Person, auf die sie sich auf dem Video konzentrieren wollten.

Das Gekreische ertönte im Duo, als beide gleichzeitig ihn entdeckten. Er war tatsächlich in der Galerie. Emilio, wie er die Gemälde anstarrte, dann war er für die nächste halbe Stunde nicht mehr sichtbar und irgendwann tauchte sein Kopf erneut kurz auf, bevor er vermutlich die Galerie wieder verliess. Da die Kamera nicht jeden Winkel erfasste, war es schwierig zu sagen, wo überall er sich aufgehalten hatte. Er musste aber ganz bestimmt im oberen Stock gewesen sein, ansonsten wäre er öfters in der Kamera unten erschienen.

Estrella spekulierte über die Möglichkeit, dass Emilio den Pfarrer auf der Dachterrasse umgebracht und es keiner der Anwesenden bemerkt hatte, weil sich alle im Hausinnern aufhielten.

Sie hatte das Protokoll von dem Verhör geschrieben, das Juan mit Emilio führte. Daher wusste sie von Emilios Streit mit Alejandro. Ein ganz klares Motiv: Eifersucht!

Drei mögliche Täter. Sie waren am Ende mit ihrem Latein.

Plötzlich schoss Elena hoch und bat Estrella, nochmals zurückzuspulen. Sie war sich sicher, dass da eben noch etwas war.

«Stopp, stopp!» Ihr blieb beinahe das Herz stehen. Sie schaute sich den Teil noch ein zweites und ein drittes Mal an. Estrella konnte mit bestem Willen nicht erkennen, was da so spannend sein sollte. Elena erinnerte sich an das Rätsel, das Juan ihr vor einigen Tagen am Telefon gestellt hatte. Das mit dem abgebrochenen Flaschenhals ohne Fingerabdrücke. Ihre Antwort damals war falsch gewesen. Der Mörder trug keine Handschuhe.

Diesmal hätte sie dringend einen Schluck vertragen können. Es wäre einfacher gewesen, ihre Entdeckung Estrella bei einem kühlenden Cüpli mitzuteilen.

Sie hatten eben das Sekretariat verlassen und steuerten auf die kleine Bar in der nächsten Seitengasse zu als, Juan das Polizeigebäude betrat.

40

Es war wie Balsam nach all den Tagen von Trauer, Unruhe und Fassungslosigkeit, als Blanca die erfreuliche Mail las, die ihr die Organisation Ilumna Barcelona zugesandt hatte. Ein Licht am Horizont, ein Beweis dafür, dass sich Alejandros Bemühungen für die Errichtung der DNA-Datenbank gelohnt hatten. Das Labor, welches die DNA-Proben untersuchte, teilte mit, dass die DNA eines Opfers der Organisation Ilumna Palma mit der DNA eines weiblichen Opfers, das sich an die Organisation Barcelona gewandt hatte, übereinstimmte. Die Betroffenen seien bereits schriftlich informiert worden.

Blancas Freudenschrei übertönte beinahe das Klingeln an der Haustür.

Marina öffnete die Tür. Sie hatte keine Ahnung, wer die Oma war, die vor ihr stand. Dass sie jubelnd und mit einem Freudentanz empfangen wurde, damit hätte Rosita nun wirklich nicht gerechnet. Ruckartig blieb Blanca stehen und wunderte sich über den unverhofften Besuch. Spätestens jetzt wusste Rosita, dass die Luftsprünge nicht ihr galten.

«Rosita! Rosita Alvarez! Welch eine Überraschung!», wunderte sich Blanca, stürmte auf die kleine, schmächtige Rosita zu und drückte sie fest an ihre Brust. Rosita war erleichtert, dass sie so herzlich empfangen wurde.

Wie lange hatte sie Rosita nicht mehr gesehen? Kurz an der Beerdigung ihrer Mutter Camila, doch da hatte es keine Gelegenheit für ein längeres Gespräch gegeben, ausser ein paar Worte der Anteilnahme und des Trostes. Die halbe Kindheit hatte sie in Rositas Haus verbracht. Ihre fünf Kinder waren für Blanca wie Geschwister gewesen.

Rosita freute sich von Herzen, Blanca wiederzusehen und ihre Tochter Marina kennenzulernen. Sie war hinreissend. Es gab unendlich viel zu erzählen. Sie schwelgten in alten unbeschwerten Zeiten. Viele Erinnerungen kamen hoch.

Aus purem Übermut hatte Rosita beinahe vergessen, weshalb sie eigentlich diesen Besuch abstattete. Ihre Mimik verwandelte sich in eine ernste Strenge. Zögerlich wechselte sie das Gesprächsthema.

«Ich bin leider aus einem anderen, etwas delikateren Grund hier.» Sie spürte den Kloss im Hals.

Blanca konnte sich denken, dass es sich um Alejandros Todesfall handelte. Immerhin gehörte Rosita auch seiner Pfarrgemeinde an. Bestimmt hatte Rosita erfahren, dass sie und Alejandro zusammen in der Ilumna tätig gewesen waren.

Es war Rosita unangenehm, der ausgelassenen Stimmung ein Ende zu setzten. Mit zittriger Stimme packte sie aus: «Es geht um den Tod unseres Pfarrers. Ich weiss etwas, was die Polizei nicht weiss.»

Blanca und Marina wurden auf der Stelle hellhörig. Die innere Anspannung war nicht zu übersehen. Rositas Blick blieb an Marina hängen. Verkrampft und eher leise kamen die Worte über ihre Lippen.

«Marina ... hmm, Marina, ich habe dich gesehen. Ich habe dich an der *Nit de l'Art* gesehen ... in den Armen unseres Pfarrers.»

Es folgte Schweigen, einige Sekunden oder sogar Minuten. Sie waren im Netz gefangen. Blanca und Marina starrten einander an, starrten zu Rosita und dann ins Leere. Als Marinas Augen feucht wurden, legte Blanca den Arm um ihre Tochter und erklärte ihr sachte: «Wir können keine Rücksicht mehr auf seine Würde nehmen. Wir sind an einem Punkt, wo die Karten auf den Tisch müssen.»

41

Er ging wie ein verlorener Hund von Büro zu Büro und fragte sich, wo alle steckten. Juan wusste, dass Lucero alle Ämter abklappern und ins Hauptgebäude der Policia Nacional gehen musste, um an die Daten von Alejandro zu gelangen. Das Ganze wurde noch erschwert, da Samstag war. Aber wo steckte Estrella? Sie war doch nicht nach Hause gegangen, bloss weil der Samstag normalerweise ihr freier Tag war. Und das Video, das sie sich nochmals ansehen sollte – was war damit?

Er wählte ihre Nummer. Gleich nach dem ersten Klingeln meldete sie sich. Ihr «Ja, Chef» klang dermassen flatterig, dass Juan das Gefühl hatte, ihren erhöhten Puls durch den Hörer zu spüren.

«Estrella, was ist denn bloss los, du tönst ja...»

«Keine Zeit, Chef, keine Zeit. Ich bin auf einer heissen Spur, melde mich.» Eine Sekunde später war der Kontakt abgebrochen.

Juan stand ungläubig im Raum. Erst jetzt konnte er nachvollziehen, wie sich seine Schwester jeweils fühlen musste, wenn er auf diese Art und Weise ihre Telefonate beendete. Er nahm sich ernsthaft vor, sich bei ihrem nächsten Anruf zusammenzureissen und sich wieder mal mit ihr zu unterhalten.

Lucero troff vor Schweiss, als er Juans Büro im Stechschritt betrat.

«Mensch Juan, war das eine Knacknuss, an all die Daten ranzukommen. Und du glaubst es nicht, eben hat mich Estrella angerufen, dass dieser Typ da aus der Schweiz, Emilio Vidal, tatsächlich auch auf dem Video auftaucht.»

«Nett, dass sie wenigstens dich mit den Neuigkeiten versorgt», erwiderte Juan offensichtlich beleidigt. Vor zwei Minuten hatte er sie am Draht gehabt, und sie hatte ihm gegenüber kein Wort erwähnt. Dass sie keine Zeit habe, war das einzige, was er zu hören bekommen hatte. Hatte sich eigentlich die ganze Welt gegen ihn gerichtet? Ständig wurden ihm aufschlussreiche Informationen vorenthalten. Erst von Marina und nun auch noch von Estrella. Typisch Frau!

Lucero rupfte einen ganzen Stapel Aktenblätter aus seiner Mappe und berichtete: «Alejandro wuchs als Einzelkind in einem noblen Herrenhaus in Barcelona auf, gleich neben einer Klinik, wo sein Vater Arzt war und seine Mutter Hebamme. Alejandro begann mit dem Medizinstudium, welches er relativ schnell wieder abbrach und in Madrid sein Priesterstudium begann. In dieser Zeit starben dann kurz hintereinander seine Eltern. Darauf übte er seine Priestertätigkeit noch ein paar Jahre in Madrid aus, bevor er die Stelle in Palma annahm. Seine Eltern hinterliessen ihm ein beträchtliches Vermögen.»

«Gratuliere Lucero, das ist doch schon mal etwas», lobte Juan, den Einzigen, auf den er sich verlassen konnte.

«Das ist noch gar nichts. Du weisst nicht, was noch kommt!», bluffte Lucero und blätterte nervös in seinen Unterlagen. «Den Hammer erfuhr ich dann von den ehemaligen Nachbarn der Familie Savall, die heute in einem Altenheim in Barcelona leben. Sie bewohnten damals die Villa nebenan. Und nun halt dich fest: Die beiden heissen zum Nachnamen Vidal und haben einen Sohn, der auf den Namen Emilio getauft ist, der ebenfalls Medizin studierte.»

«Das gibt's doch nicht!», wunderte sich Juan. «Die beiden kannten sich also seit Kindertagen.»

«Nicht nur, denn gemäss den Aussagen der Vidals, waren sie während all der Jahre enge Freunde.»

Juan glaubte es nicht, dass Emilio Vidal ihnen das einfach verschwiegen hatte.

«Aber eben, der Hammer kommt ja erst.», fuhr Lucero stolz

fort. «Ein paar Meter von der Klinik entfernt befand sich ein kleines Kloster, das einigen elternlosen Kindern ein Heim bot. Und nun rate mal, wer damals dort Ordensschwester war?»

Juan war wie auf Nadeln und wollte nicht mehr länger auf die Folter gespannt werden.

Lucero lüftete sehr bedächtig das Rätsel. «Es gab dort eine Nonne mit Namen Paulita!»

Nun war Juan, klar warum der Penner etwas von heilig geschwafelt hatte.

Alejandro hatte Emilio und Paulita also von früher gekannt. Juan begann, eins und eins zusammenzuzählen. Klinik, Arzt, Hebamme, Kloster, Heim, Nonne – davon hatte in letzter Zeit genug in den Medien gestanden, als über die Schandtaten Spaniens berichtet wurde. Juan musste an das Schwarzweissfoto auf Paulitas Nachttisch denken.

Was war damals im Umfeld von Alejandro geschehen? Warum hatte ausgerechnet er eine Organisation wie Ilumna gegründet? War der Grund für Alejandros Tod in diesem Umfeld zu finden?

42

Es blieb nicht bei dem einen Cüpli. Die Sache war zu verzwickt, um bloss Wasser zu trinken. Gott sei Dank war Estrella auf dem Laufenden, was die Ermittlungen betraf. Der Vorteil einer Sekretärin. Dieser Emilio war also Marinas Vater. Der hätte ganz klar Grund genug gehabt, einen Pfaffen ins Jenseits zu befördern, wenn sich dieser an seiner Tochter vergriff. Allerdings hätte auch Marina einen Grund gehabt. Gemäss Emilios Aussage hatte er den Streit mit dem Pfarrer gehabt, weil dieser im Begriff war, ihm seine Frau auszuspannen und seine Familie zu zerstören. Was, wenn Marina eifersüchtig auf ihre Mutter gewesen war? Schliesslich war sie es, die in Alejandros Armen gesehen worden war. Blanca konnte definitiv ausgeschlossen werden, weil sie zur Tatzeit in Barcelona gewesen war.

Und dann war da noch diese arme Seele aus dem Chat, der seine Heimzeit noch nicht verarbeitet hatte und eine gewisse Aggression gegenüber den Gottesmännern hegte.

Hatte jedoch der Hass gegenüber dem Priester ausgereicht, um gleich mit der Flasche zuzuschlagen?

Mit jedem zusätzlichen Cüpli kreisten Estrellas Gedanken schneller. Sie hatte kein schlechtes Gewissen, sich ausnahmsweise ein Glas mehr zu gönnen, denn sie sah ihren Dienst als beendet. Es war Samstag. Ihren Auftrag, sich das Video nochmals durchzusehen, hatte sie erfüllt und Lucero über das Ergebnis informiert. Also Feierabend! Jedenfalls offiziell. Inoffiziell wollte sie unbedingt mit Elena weiter recherchieren, da sie beide voll im Strudel der Ermittlungen steckten.

Elenas Handy schrillte, und ihr Herzklopfen verstärkte sich, als Rosita sich meldete. Ihr Besuch bei Blanca hatte sich gelohnt, wie sie mitteilte. Es war ein Schuss ins Schwarze gewesen, als sie die beiden mit ihrem Wissen konfrontierte, Marina in Alejandros Armen gesehen zu haben. Die beiden Frauen seien völlig schockiert gewesen und hätten sich ertappt gefühlt. Sie mussten einsehen, dass es keinen anderen Weg mehr gab, als den der Wahrheit. Rosita meinte, da sei sie mal gespannt, was hinter der Wahrheit steckte. Leider wollten die beiden nicht mit ihr darüber sprechen, versprachen aber, sich bei der Polizei zu melden. Rosita beendete den Anruf. Sie musste dringend ihren verpassten Mittagsschlaf nachholen.

Estrella und Elena wühlten nochmals ihre Erkenntnisse und Verdächtigen durch und kamen zu dem Entschluss, dass sie erst einmal Emilio aufsuchen wollten. Es war ein kurzer Weg zu seinem Hotel. Als sie ihn dort jedoch nicht antrafen, beschlossen sie, ihren Plan B umzusetzen.

43

Mit der Bahn, die von Palma Richtung Manacor fuhr, erreichten sie die Weinregion.

Estrella überkamen Zweifel, als sie mit Elena auf das grosse Tor zuschritt. War ihr Vorhaben nicht verrückt? Elena hatte sie zu diesem Unternehmen überredet. Klar wollte sie es auch. Es reizte sie gewaltig, den Kommissar zu spielen. Es durfte einfach nicht schief gehen. Sie musste als Heldin aus dem Spiel herauskommen, sonst würde Juan sie womöglich gleich auf die Strasse stellen, und dann konnte sie die Polizeischule vergessen. Das wäre dann das Ende ihrer Detektivkarriere, bevor sie überhaupt angefangen hatte.

Je mehr sie sich dem Tor näherten, umso mehr hiess es, den Mut zusammennehmen und nicht nachzudenken. Das Tor war zum Glück nicht verschlossen. Sie befanden sich auf dem Anwesen der Bodega. Als sie an die leicht geöffnete Haustür des Winzerhauses klopften, strömte ihnen der typische Weingeruch entgegen. Hier wurde also einer der besten Weine der Insel produziert. Elena wusste, dass auf den meisten Weingütern am späten Samstagnachmittag keine Besichtigungstouren mehr möglich waren. Da war auch für die Arbeiter Feierabend. Deswegen schien wohl alles eher verlassen und ruhig.

Ihr Klopfen schien niemand zu hören. Da sie sich eh vorgenommen hatten, direkt mit der Tür ins Haus zu fallen und die Katze gleich aus dem Sack zu lassen, erlaubten sie sich, hocherhobenen Kopfes einzutreten. Gleich neben der Tür stand ein abgenutzter brauner Lederkoffer, über den Estrella beinahe gestolpert wäre, hätte Elena sie nicht im letzten Moment am Arm zurückgehalten. Es herrschte Totenstille. Kein Mensch weit und breit. Von dem breiten Foyer, in dem sie standen, führten zwei angelehnte Türen in weitere Räume. Eine dritte weit geöffnete Tür führte über eine steile Treppe hinunter zu den Weinkellern. Sie glaubten, Schritte zu hören, irgendwo zwischen den Fässern. Auf ihr «Hallo» bekamen sie keine Antwort. Waghalsig gingen sie die Treppe hinunter und tasteten sich in dem dunklen Keller voran. Da waren sie wieder – die Schritte. Ausser den Schemen mächtiger Weinfässer war kaum etwas zu sehen. Estrella wiederholte für sich leise wie ein Mantra die Worte, mit denen sie den Verdächtigen überrumpeln wollten. Plötzlich wie aus dem Nichts stand eine dunkle kräftige Gestalt vor ihnen. Für einen Moment fühlten die beiden eine Heidenangst. Trotz der Dunkelheit erkannten sie die gesuchte Person vor ihnen. Bevor sie fragen konnte, wer sie seien, gingen sie zum Angriff über. Estrella setzte ihr Pokerface auf, und aus ihrer Kehle kam dröhnend ihr Mantra. «Wir haben gesehen was Sie getan haben, Sie Pfarrerhasser!»

Regungslos und schweigend stand er vor ihnen, als unverhofft eine Frauenstimme vom Foyer her in den Keller herunter rief:«Los schnell, das Taxi!»

Brutal stiess er die beiden Eindringlinge auf die Seite und verschaffte sich einen Weg zwischen ihnen durch. Gegen seine Kraft hatten sie nicht die geringste Chance. Er rannte die Treppe hoch, und dann sah Elena nur noch die Silhouette der Frau, welche die Tür zuwarf und abschloss.

44

Obwohl ihre Verbundenheit durch die Umstände zerrüttet war, traf Amors Pfeil Juan aufs Neue, als Marina plötzlich vor ihm in seinem Büro stand. Sie war einfach wunderschön mit ihrer perfekten Figur, den lockigen Haaren und den umwerfenden Augen. Ihr scheuer melancholischer Blick machte sie noch begehrenswerter. Er wäre am liebsten auf sie zugegangen und hätte sie an sich gedrückt. Sie standen einen Moment stumm voreinander, jeder den anderen studierend. Mit dem Blick zum Boden geneigt, gab sie ihm zu verstehen, dass sie unbedingt mit ihm sprechen müsse.

Er nahm seinen Stuhl und setzte sich neben sie, weil er spürte, dass ihr ernsthaft etwas auf dem Herzen lag. Sie wollte die Sache alleine hinter sich bringen und hatte deshalb ihre Mutter gebeten, sie nicht zu begleiten.

Leise begann sie: «Juan, wo soll ich anfangen?» Sie brauchte noch einen Augenblick, bevor sie fast andächtig ihre Worte zurechtlegte. «Es war vor einem Jahr, als sich unser Familienleben komplett änderte.»

Nach diesem ersten Satz schoss Juan der Gedanke durch den Kopf, dass der Grund dafür Alejandro gewesen sein musste, als er im Begriff war, Emilio die Frau auszuspannen.

«Ich sass Alejandro das erste Mal nach seiner Messe gegenüber. Diesen Tag werde ich in meinem ganzen Leben nie mehr vergessen.»

Juan spürte einen Schwall Eifersucht in sich hochkommen. Sie hatte ihn beim Vornamen genannt. Musste er sich jetzt anhören, wie ihre Liebesbeziehung begonnen hatte?

«An besagtem Abend war auch ich bei ihm in der Galerie. Wir wollten uns einfach unbedingt sehen. Von der Terrasse der Galerie aus sah er direkt zu meiner Terrasse hoch. Da er wusste, dass ich an diesem Tag anreiste, hielt er Ausschau, ob ich schon in der Wohnung meiner Grossmutter angekommen war. Als er mich erblickte, schrieb er mir sofort eine SMS. Da meine Freundin Barbi bei mir war, konnten wir uns nicht bei mir treffen, also ging ich rüber in die Galerie. Es war das letzte Mal, dass ich ihn lebend sah. Ich habe ihn nicht getötet.»

Marina hoffte, dass diese Aussage reichte und sie die Preisgabe ihres Geheimnisses vermeiden konnte. Schliesslich hatte sie es versprochen. Juan musste sich zusammenreissen. Die Frau, in die er verliebt war, mit der er einen wunderschönen romantischen Abend verbracht hatte, bei der er das Gefühl gehabt hatte, sie empfinde dasselbe für ihn, war mit einem Priester liiert gewesen. Das durfte nicht wahr sein. Dass sie bei ihrem Geständnis diesen traurigen Dackelblick aufsetzte, war der Gipfel der Sache. Sollte er etwa Mitleid mit ihr haben, weil ihr Geliebter die Radieschen nun von unten ansah? Nein, das war definitiv zu viel des Guten. Er war Kommissar und musste sich wieder auf seine Aufgabe besinnen, anstatt seinen persönlich verletzten Gefühlen nachzutrauern. Sachlich stellte er ihr noch ein paar Fragen. Es interessierte ihn, ob sie sich an dem Abend kurz vor seinem Tod in einem Streit getrennt hatten oder ob ihr jemand Dubioser in der Galerie aufgefallen sei. Sie verneinte beides.

Juan erhob sich aus seinem Stuhl, schob ihn zurück an seinen gewohnten Platz und sagte nüchtern: «Wir hatten unterdessen das Vergnügen, deinen Vater Emilio kennenzulernen. Er war mit deinem Alejandro in einen Streit verwickelt, weil dieser offensichtlich deiner Mutter nacheiferte. Muss ich das nun so verstehen, dass er mit Mutter und Tochter gleichzeitig eine Liaison pflegte?» Der Gedanke widerte ihn an. «Es scheint, deine ganze Familie hätte ein Motiv gehabt, ihn über den Jordan zu schicken. Du, weil du auf deine Mutter eifersüchtig warst, sie auf dich, und dein Vater, weil er sich an beide seiner Frauen herangemacht hatte. Das perfekte Familiendrama!»

Marina hielt beide Hände vor ihr Gesicht. Erst jetzt wurde ihr so richtig bewusst, was sie mit ihren halbseidenen Aussagen heraufbeschworen hatte. Sie hatte ihrer Mutter versprochen, die Wahrheit ans Licht zu bringen, doch nun versucht sie, sich darum zu winden. Sie sah ein, dass sie sich immer tiefer in der Halbwahrheit verstrickte. Es blieb ihr nichts anderes mehr übrig, als die Katze endgültig aus dem Sack zu lassen.

Sie war gerade im Begriff, ihre Geschichte diesmal lückenlos und aufrichtig zu erzählen, als Lucero ins Büro stürmte und Juan sein Handy mit zitternden Händen unter die Nase hielt. Juan warf einen Blick darauf. Er nahm es Lucero aus der Hand, um die SMS nochmals zu lesen. Seine Miene wurde ernst. Todernst.

Besorgt, aber bestimmt befahl er Lucero: «Los!»

Mit einem kurzen strengen Blick zu Marina, erteilte er ihr die Weisung, sich bereitzuhalten und zwar zusammen mit ihrer Mutter. Er werde sich heute nochmals bei ihr melden. Danach rannten Lucero und Juan von Panik erfüllt aus dem Polizeigebäude. Es handelte sich um einen Notfall.

45

Ein Motorengeräusch war das Letzte, das sie wahrgenommen hatten, bevor sich eine erschreckende Stille ausbreitete. Durch die Ritzen der geschlossenen Tür gelangte kein Licht mehr in den Keller. Sie wurden von einer tiefschwarzen Dunkelheit umhüllt. Ängstlich tasteten sie einander ab, um sicher zu sein, dass sich die andere noch in der Nähe befand. Sie waren sich sicher, dass sie den Täter entlarvt hatten. Zu dumm, dass er ihnen so schnell durch die Lappen gegangen war. Mit einer Komplizin, dank der sie nun in diesem dunklen Loch hockten, hatten sie nicht gerechnet.

Sie tasteten sich vorsichtig die Wand entlang, in der Hoffnung, ein paar Schritte vorwärts, irgendwo einen Funken Licht zu entdecken. Doch es blieb stockdunkel.

«Wir müssen etwas unternehmen, um hier rauszukommen», schlug Elena vor. «Ich bin sicher, dass auf dem Gut kein Mensch mehr ist. Wir können nicht warten, bis einer kommt und uns freundlicherweise die Tür aufmacht. Bis dann sind wir längst krepiert.»

«Ach, wir werden schon überleben, schliesslich sind wir mit unzähligen Litern *Amante de Sancho* bedient», scherzte Estrella.

«Also, für solche Witze bin ich im Moment echt nicht aufgelegt», empörte sich Elena und nahm ihr Handy aus ihrer Hosentasche. Das beleuchtete Display spendete endlich etwas Licht.

«Wir müssen jemanden anrufen, der uns befreien kann.» Natürlich dachte Elena als erstes an ihren Bruder. Aber der würde mit jeder Garantie ihren Anruf wieder ignorieren.

Estrella schlug vor, Lucero eine SMS zu schreiben. Sie mussten ihre Smartphones benützen, solange der Akku nicht leer war. Estrella wusste noch nicht, wie sie Juan die ganze Geschichte erklären sollte. Aber es würde ihr sicher noch etwas einfallen. Sie wünschte sich, dass er auf ihre Hals-über-Kopf-Aktion stolz sein würde und die Fähigkeiten für eine zukünftige Kommissarin nicht anzweifelte.

Estrella tippte ihren Code ins Handy. Oben rechts stand *kein Netz*.

Sie mussten sich erst mühsam Richtung Tür vorkämpfen, bevor endlich ein schwaches Netzsignal aufleuchtete.

46

Während Marina in Anwesenheit des Comisario reinen Tisch machte, wollte sich Blanca den guten Seiten des Tages widmen. Sie hatte eben mit der Leitung der Ilumna in Barcelona gesprochen und vereinbart, mit den beiden Glücklichen Kontakt aufzunehmen. Sie wollte abklären, wo die Begegnung der beiden stattfinden sollte. Den herzergreifenden Augenblick erleben, wenn Mutter und Kind sich nach über vierzig Jahren wieder in die Arme nahmen. Sie brauchten deren Erlaubnis, wenn die Presse mit dabei sein durfte, um der Öffentlichkeit zu zeigen, dass dank Pfarrer Savalls Organisationen Hoffnung keimte und es für die tiefen Wunden, die unter dem Schutzmantel der Kirche und des Staats entstanden waren, Heilung geben würde.

Erfolglos hatte Ilumna Barcelona versucht, Isabella Lopez auf dem Festnetz zu erreichen. Eine Mobilnummer besassen sie leider nicht. Bereits nach dem zweiten Klingelton ertönte der Anrufbeantworter: *Ich bin zurzeit verreist. Nach dem Piepton können Sie Ihre Nachricht hinterlassen. Ich werde Sie nach meiner Rückkehr zurückrufen.*

Man fragte sich nun, ob Isabelle schon verreist war, nachdem das Schreiben eingetroffen war und sie es noch gar nicht gesehen hatte, oder ob sie sich unter Umständen bereits auf dem Weg Richtung Mallorca befand.

Blanca hoffte auf mehr Erfolg und wählte die Nummer des Weinguts. Nachdem sich keiner meldete, versuchte sie es eine halbe Stunde später erneut.

Sie war so aufgeregt, dass ihr beinahe der Hörer aus der Hand fiel, als sich eine Männerstimme mit «Hola» meldete.

«Mit wem spreche ich?», wollte sie wissen.

«Sagen Sie mir bitte zuerst, mit wem ich das Vergnügen

habe», bat die Männerstimme.

Sie fand es etwas eigenartig, dass dieser seinen Namen nicht gleich bekanntgab.

«Sie sprechen mit Blanca Vidal von der Organisation Ilumna in Palma.», antwortete sie freundlich.

Auf der anderen Seite blieb es einen kurzen Moment ruhig, bevor die Männerstimme sich mit Comisario Juan Banderas vorstellte.

Beide waren verblüfft. Juan fragte sich, was Blanca Vidal von Sancho Carreras wollte, und umgekehrt wunderte sich Blanca, was der Comisario in Binissalem auf dem Weingut suchte. Sollte er sich nicht noch im Gespräch mit Marina befinden?

Juan hatte, nach dem Fiasko von vorhin, keine Nerven mehr, Blanca mit Fragen zu torpedieren. Er gab ihr die bestimmte und klare Durchsage, er würde sie mit ihrer Tochter in zwei Stunden auf dem Polizeirevier erwarten.

Dass dieser arrogante Emilio dann auch anwesend sein würde, darum kümmerte sich Lucero.

Nachdem Lucero ihm Estrellas SMS unter die Nase gerieben hatte, fuhren sie mit Blaulicht auf Sanchos Gut. *Hilfe! Wir sind gefangen in dem finsteren Weinkeller auf dem Weingut von Sancho Carreras,* hatte sie ihm mitgeteilt.

Auf dem Weg dorthin fragte er sich tausendmal, was sie mit *wir* gemeint und was Estrella dort zu suchen hatte. Sie steuerten auf das Gut zu. Beim Anblick der schweren hölzernen Eingangstür wurde ihm bange ums Herz, wenn er daran dachte, diese aufbrechen zu müssen. Er atmete erleichtert auf, als sich herausstellte, dass sie nicht verschlossen war. Der Schlüssel steckte Gott sei Dank. Die Befreiung der beiden Frauen war deshalb ein Kinderspiel. Estrella tauchte aus dem Dunkel in den Strahl des Lichts. Juan brüllte: «Estrella, verdammt nochmal was machst...» Ihm verschlug es die Stimme, als er hinter Estrella seine Schwester erkannte.

Er wollte nichts hören. Weder ein Weibergeschwafel, welches ihm irgendwie um alle Ecken herum erklärte, was sie hier suchten, noch ein Danke für die Rettung. Kein Gejammer, einfach rein gar nichts. Lucero begleitete die beiden Befreiten nach draussen zum Streifenwagen, wo er sie bat zu warten, während er und Juan sich im Haus umsahen. Juan war im Begriff, das Büro zu betreten, welches direkt mit dem Foyer verbunden war, als das Telefon klingelte. Da kein Mensch in der Nähe zu sein schien, nahm er den Anruf entgegen. Mit Blanca Vidal hatte er nicht gerechnet.

Die Rückfahrt mit den beiden Girls verlief schweigend. Estrella versuchte zweimal einen Anlauf, um ihren Kollegen klar zu machen, auf welch heisser Fährte sie sich befanden. Lucero gab ihr zu verstehen, dass es vorerst besser sei, sich still zu halten. Er wusste, dass sein Chef zuerst seine Gedanken ordnen musste. Juan wunderte sich nicht, warum niemand auf dem Gut gewesen war. Es war Samstag, und Sancho hielt sich ganz bestimmt an einer Veranstaltung auf, vermutlich mit Gabriel. Vielmehr fragte er sich, wie und warum Estrella und seine Schwester in den Keller gekommen waren und was Estrella und Elena zusammengeführt hatte.

47

Bereits Stunden vor der Abfahrt um Mitternacht wartete sie im Terminal am Hafen von Barcelona. Die Überfahrt würde die ganze Nacht dauern. Es war ihre erste grosse Reise. Eine Schlafkajüte konnte sie sich nicht leisten, aber das war ihr egal. Sie würde sowieso nicht schlafen können, dafür war sie viel zu aufgeregt. Zudem hatte sie sich vorgenommen, einfach nur übers Meer zu schauen. Sie wollte jeden Augenblick dieser Reise, die sie mit jeder Minute ihrem Kind näher brachte, geniessen und in Erinnerung behalten. Mit beiden Armen umklammerte sie die Tasche auf ihrem Schoss, während sie auf der harten Holzbank wartete. Darin befand sich ihr grösstes Gut, das sie mit aller Kraft hütete. Das Schreiben mit dem DNA-Beweis und der Adresse ihres Ziels.

Er hatte ihr die Ehe versprochen. Nachdem sie kurz vor der Eheschliessung schwanger geworden war, verschwand er klangheimlich aus ihrem Leben. Der Trennungsschmerz hatte längst nachgelassen, obwohl sie dazu verurteilt war, ein Leben als gefallene, entwürdigte Frau zu führen. Zu Francos Zeit war man als junge, ledige und schwangere Frau gedemütigt und wie ein Stück Dreck behandelt worden. Es hatte niemanden interessiert, wenn man von den Männern verlassen wurde. Die Schuld blieb immer an der Frau hängen. Selbst von ihren Eltern wurde sie verstossen. Ihr Vater hatte sie aus dem Haus geworfen. Drei Monate hatte sie im Krankenhaus in der Abteilung für unverheiratete schwangere Frauen – im Zimmer der Schande – verbracht. Das einzige, was sie die schwere Zeit und ihre Schmach erträglich gemacht hatte, war das Leben in ihrem Leib. Sie hatte sich auf ihr Kind gefreut, trotz der Aussicht auf eine harte Zukunft, in der sie alleine, ohne Mann an ihrer Seite, sein würde.

Ledige Mütter hatten damals eine Todsünde begangen. Unter dem Deckmantel der Nächstenliebe hatte die Kirche die Sünderinnen gerettet, indem man ihnen ihre Kinder wegnahm und die Mütter glauben liess, ihr Kind sei tot.

Nach der Geburt hatte man Isabellas Jungen in einen anderen Raum gebracht. Stundenlang hatte sie sich gefragt, wo ihr Kind war und keine Antwort erhalten, bis eine Schwester kam und ihr mitteilte, dass ihr Kind an einer Mittelohrentzündung gestorben sei. Sie hatte ihr Baby nie mehr zu Gesicht bekommen. Für die Beisetzung sei bereits gesorgt, hatte man ihr mitgeteilt.

Seit dem traurigsten Tag ihres Lebens hatte Isabella keinen Mut mehr gehabt, sich mit einem Mann einzulassen. Sie hätte es nicht verkraftet, nochmals verlassen zu werden und unter Umständen wieder ein Kind zu verlieren. Bescheiden lebte sie seither in einer kleinen Zweizimmerwohnung in einer unpersönlichen Betonwohnsiedlung am Rande von Barcelona. Sie hielt sich mit Putzen über Wasser. Ihre dürftigen Ersparnisse reichten gerade mal knapp für diese Reise.

Sie war Gott dankbar, dass sie von der Existenz der Ilumna erfahren hatte. Nun wusste sie, dass sie mit unzähligen anderen Müttern ihr Schicksal teilte. Es war ein enormer Schritt gewesen, dass sie es mit der Unterstützung der Organisation schaffte, das Grab ihres Kindes öffnen zu lassen. Der Schock über das leere Grab war immens, doch gleichzeitig ein erster Hoffnungsschimmer gewesen. Seit den übereinstimmenden Laborbefunden wusste sie definitiv, dass ihr Sohn lebte und auch er seine Mutter suchte. Sie hatte in ihrem ganzen Leben noch nie solche Glücksgefühle gehabt wie jetzt. Ihre Gedanken drehten sich um das, was sie auf der Baleareninsel antreffen würde. Wie sah er aus? Würde sie ihn gleich erkennen? Sah er ihr ähnlich? Von seinem Bild auf der Homepage der Ilumna hatte sie keine Kenntnis. Da sie keinen Computer besass, verstand sie auch nichts davon. Hatte er Familie? Kinder? Würde sie Enkelkinder bekommen? Grossmutter sein? Fragen um Fragen.

Noch fünf Stunden, bis die Fähre Kurs Richtung Mallorca nahm.

48

Es würde eine lange Nacht geben. Das allerdings war Juan im Moment völlig egal. Er wollte nur noch eines: den Fall so schnell wie möglich abschliessen, den Mörder überführen, Paulita finden und dann ab auf seine Segeljacht und ein paar Tage ungestört von Bucht zu Bucht segeln und dabei alles vergessen, Marina, Elena und Estrella. Weit weg vom weiblichen Geschlecht wünschte er sich, endlich wieder einmal bei Chico in der Roxy Beach ein paar Cervezas genehmigen zu können.

Eine Stunde nach der stummen Fahrt zurück ins Polizeirevier sass tatsächlich die ganze Familie Vidal im Verhörzimmer. Diesmal würde keiner der drei aus diesem Raum gehen, bevor nicht die ganze Wahrheit auf dem Tisch lag und vielleicht sogar der Mörder überführt war. Die Wahrscheinlichkeit, dass er Marina eventuell als mutmassliche Täterin würde verhaften müssen, widerstrebte ihm so sehr, dass er eine unangenehme Beengung in seiner Brust fühlte.

Marina sass da, als hätte sie eine Gardinenpredigt hinter sich. Zudem musste er in jedem Moment damit rechnen, dass Emilio wutschäumend aufsprang, um ihm an die Gurgel zu springen. Nur Blanca sass entspannt vor Juan, als wäre sie zum Tratschen hier und würde darauf warten, bis ihr jemand den Kaffee servierte. Sie war es dann auch, die sofort das Wort ergriff und um Entschuldigung bat, weil Marina Juan nicht – wie abgemacht – mit der Aufgabe betraut hatte, die ganze Wahrheit zu sagen.

In ein paar Jahren würde Marina genauso aussehen wie ihre Mutter heute. Graziös, stilvoll und immer noch zauberhaft, dachte Juan, und er würde sie auch dann noch lieben, als hätte es nie einen Alejandro Savall gegeben.

Emilio war gerade im Begriff, irgendwelche Fluchwörter in

den Raum zu werfen, um zu demonstrieren, wie widerwärtig er es fand, dass man ihn hier festhielt. Doch Blanca gab ihm mit drohenden grossen Augen zu verstehen, er solle sich benehmen. Konsterniert senkte er seinen Blick in die nächste Ecke, während Blanca ein schwarzes Buch in der Grösse eines A4-Blattes mit einem eingravierten goldenen Kreuz auf der Vorderseite aus ihrer Tasche nahm.

«In solchen Büchern verfasste Alejandro seine Texte für die Predigt», erklärte sie. «Dieses Buch schenkte er mir im vergangenen Jahr, als sich die Ereignisse wendeten. Es ist das einzige Buch, das keine Predigttexte beinhaltet. Es ist eine Art Lebensgeschichte, die Alajandro niederschrieb. Es war seine Art, um seine Vergangenheit und sein Schicksal zu verarbeiten.»

Blanca reichte es Juan über den Tisch und fragte: «Wollen Sie es selber lesen oder soll ich es Ihnen vorlesen.»

Juan wurde fast ein wenig andächtig und antwortete eher leise: «Bitte lesen sie es uns vor.»

Lucero rückte sich nun auch einen Stuhl zurecht, um zu hören, was Blanca ihnen vortrug.

Blanca schlug die erste Seite auf und begann:

1982

Ein Freund aus Palma besuchte meinen Vater wie jedes Jahr bei uns zu Hause. Meist war ich im Garten mit meinen Freunden am Fussballspielen, wenn er vorbeikam. Mit Ausnahme einer kurzen Begrüssung und Verabschiedung nahm ich ihn nicht wahr. Das Fussballspiel interessierte mich mehr als die Freunde meines Vaters. Das änderte sich allerdings schlagartig, als dieser Freund eines Tages in Begleitung seiner Tochter angereist kam. Man könnte sagen, es war Liebe auf den ersten Blick, die auf Gegenseitigkeit beruhte. Was zwischen uns an diesem Nachmittag entflammte war nicht wieder zu löschen, auch nicht, als sie sich kurz nach unserer Begegnung wieder auf die Heimreise mit ihrem Vater begeben musste. Das warme Gefühl, welches uns verband, und die Schmetterlinge im Bauch waren Grund genug, unsere Anschriften auszutauschen, um in Kontakt zu bleiben. Als mein Vater entdeckte, dass ich mit der Tochter seines Freundes brieflich verkehrte, war die Hölle los. Er verbot mir vehement und mit aller Strenge den weiteren Kontakt zu ihr. Es war mir ein Rätsel, warum er so heftig reagierte. Er liess keine Diskussion zu – der Fall war klar.

Wir fanden einen Weg, meinen Vater zu umgehen. Von da an schickte meine Freundin ihre Briefe für mich an die Adresse meines besten Freundes Emilio, den sie damals zusammen mit mir in unserem Garten kennengelernt hatte und der mir die Briefe weiterleitete.

Ich hatte mein Medizinstudium begonnen, und in den Semesterferien bot sich das erste Mal die Gelegenheit, zusammen mit meinem besten Freund ein paar Tage nach Palma zu meiner grossen Liebe zu reisen. Die Tage dort waren unvergesslich, und wir nutzten jede freie Minute, um zusammen zu sein. Ich war mir sicher, in ihr die Frau gefunden zu haben, die ich eines Tages heiraten würde. Nach meinem Besuch mussten wir uns wieder auf die Briefe beschränken. Der Weg über Emilio klappte bestens, ohne dass mein Vater jemals etwas bemerkte.

Neben meinem Studium arbeitete ich gelegentlich im Krankenhaus, indem meine Eltern tätig waren. Mein Vater war ein angesehener Gynäkologe und meine Mutter Hebamme. Ich folgte ihren Spuren und hoffte, eines Tages ein ebenso erfolgreicher Arzt zu werden wie mein Vater.

Angrenzend ans Spital befand sich ein kleines Kloster, das gleichzeitig elternlosen Kindern ein Zuhause bot. Zur selben Zeit, in der ich im Krankenhaus bei meinem Vater arbeitete, gehörte es zu meiner Aufgabe, die kleinen Babys, welche uneheliche Mütter nicht behalten wollten, ins Kloster zu bringen. Die barmherzigen Schwestern kümmerten sich um sie und sorgten dafür, dass sie von liebevollen Eltern adoptiert wurden.

Es verging einige Zeit, bis ich herausfand, dass nicht alles rechtmässig ablief, wie es aussah. Immer mehr zweifelte ich an den Handlungen meiner Eltern. Es waren Gespräche, Verhaltensweisen und Bemerkungen, die mich hellhörig machten, sowie ein unerklärliches permanentes Schweigen.

Die Wahrheit zeigte sich in aller Härte, als ich Jahre später nachts wieder diese verzweifelten Schreie hörte, die mich schon damals als Kind verfolgt hatten.

Diesmal vernahm ich sie nicht wie zuvor vor unserem Haus; sie drangen aus einem der Wöchnerinnenzimmer im Krankenhaus.

In diesem Moment fiel es mir wie Schuppen von den Augen. Ich erkannte, wie mein Vater über Jahrzehnte sein Geld verdient hatte.

Sie alle kamen, um ihre jährlichen Raten abzuzahlen, die sie meinem Vater schuldeten – für die Kinder, die er an sie verkauft hatte. Einer dieser sogenannten Freunde, wie mein Vater sie mir gegenüber betitelt hatte, war Alfonso, der seit über fünfzehn Jah-

ren noch immer am Abbezahlen seiner Tochter war. Die Tochter, die ich in unserem Garten antraf und in die ich mich verliebte. Die hübsche Blanca, die selber keine Ahnung hatte, dass soeben die nächste Teilzahlung für sie erfolgt war.

Wenn ich mir die Zeit meiner Teilzeitbeschäftigung während meines Studiums im Krankenhaus ins Gedächtnis rufe, wird es mir selbst heute noch speiübel bei dem Gedanken. Wie viele Babys hatte mein Vater mir in die Arme gedrückt, die ich ins Kloster gegenüber brachte und der jungen Nonne überreichte.

Es waren Neugeborene, die offiziell als tot erklärt worden waren. Den Müttern hatte man nach der Geburt mitgeteilt, dass ihr Baby bedauerlicherweise gestorben sei. Nicht jede Mutter konnte sich damit schweigend abfinden. Einige spürten genau, dass ihr Kind noch lebte. Es war das Mutterherz und die Seele der Opfer, die diese tief verzweifelten Schreie entfachten.

Meine Mutter, die im Krankenhaus als Hebamme arbeitete, hatte meinen Vater während der gesamten Zeit in seinen abartigen Geschäften unterstützt. Ich schämte mich zutiefst für meine Eltern und fühlte mich verpflichtet, die Sünden meiner Eltern abzubezahlen.

Wir verloren nie ein Wort über die Sache. Es wurde geschwiegen. Nicht nur in unserer Familie, nein – ein ganzes Land schwieg.

Die einzige Person, mit der ich über die Sache sprach, war die junge Nonne im Kloster, der ich jeweils die Säuglinge ablieferte. Wir entwickelten im Laufe der Zeit ein freundschaftliches Verhältnis zueinander.

Um die Sünden meiner Eltern abzutragen, verliess ich mein Zuhause, meine Eltern und mein Medizinstudium. Schweren Herzens löste ich mich mit einem kurzen Abschiedsbrief von meiner grossen Liebe. In einem separaten Brief, den ich persönlich an Blancas Eltern Alfonso und Camila schickte, bat ich sie, ihre Tochter über ihre

Familienverhältnisse in Kenntnis zu setzten in der Hoffnung, dass Blanca damit auch meinen Entscheid für unsere Trennung verstehen würde. Es war unmöglich, auf eine Zukunft zu hoffen, mit einer Frau, die mein Vater vor Jahren verkauft hatte.

Ich ging nach Madrid und begann dort mein Priesterstudium.

Kurze Zeit später erreichte mich im Priesterseminar ein Schreiben von der Nonne, in dem sie mir mitteilte, dass meine Nachricht sie erschüttert und sie dank mir erkannt habe, dass sie das ungewollte Werkzeug der Mafia geworden war. Nicht nur mein Vater, auch die Frau Oberin, Hebammen und Krankenschwestern waren in diese menschenunwürdigen Geschäfte involviert. Sie teilte mir weiter mit, dass sie das Kloster und den Orden verlassen hatte.

Ich rang mich durch mein Studium. Die Jahre waren ein reines Durchhalten, geplagt durch meine Gewissensqual. Obwohl ich die Lehre Gottes lernte, fühlte ich mich weit weg von Gott. Der schwarze Fleck in unserer Familie erdrückte mich, und die Schuldgefühle durch die Sünden meiner Eltern nahmen mir meinen ganzen Frohmut.

Obwohl ich jeglichen Kontakt zu meinen Eltern abgebrochen hatte, schaffte ich es nicht, vor ihnen davonzulaufen. Als mich die Todesanzeige meiner Mutter erreichte, fühlte ich nicht einmal Traurigkeit.

Nach dem Studium übte ich verdrossen mein Amt in einer kleinen Pfarrkirche in Madrid aus. Das erste kleine Glücksgefühl erfasste mich ein paar Jahre später, als ich von der ausgeschriebenen Priesterstelle in Palma las. Das war die Gelegenheit, vielleicht irgendwann wieder meiner Liebe zu begegnen, die ich damals so schmerzlich verlassen musste, sollte sie noch in Palma leben. Dass es keine Hoffnung mehr für uns beide gab, war so klar wie das Amen in der Kirche. Vermutlich würde sie unterdessen ihre eigene Familie haben. Ich war schliesslich Priester und immer noch mit den Sünden meiner Eltern belastet. Ich hegte den Wunsch, nach all den Jahren mit ihr einmal über alles zu sprechen. Hatten ihre Eltern sie meinem Rat entsprechend über ihre Familiensituation aufgeklärt? Wie hatte sie die Nachricht aufgenommen? Das waren Fragen, die mich all die Jahre fast täglich beschäftigten.

Dass ich die Stelle ausgerechnet in der Kirche Sant Nicolau bekam, in derselben Pfarrgemeinde, zu der auch Blancas Eltern gehörten, war Gottes Fügung.

Camila und ich begegneten uns in der Kirche wieder. Wir erkannten einander sofort wieder, obwohl wir uns das letzte Mal vor Jahren - als ich Blanca in Palma besuchte - gesehen hatten.

Sie versuchte offensichtlich, mir aus dem Weg zu gehen. Also suchte ich sie eines Tages zu Hause auf. Es schien ihr sehr unangenehm zu sein. Ich erfuhr, dass Alfonso unterdessen verstorben war. Blanca war glücklich verheiratet und lebte mit ihrer Familie in der Schweiz. Ich kam auf das heikle Thema zu sprechen, wollte wissen, wie es Blanca erging, als sie die Wahrheit über ihre Herkunft erfahren hatte. Camila gab mir deutlich zu verstehen, dass sie darüber nicht sprechen wolle.

Ich hatte das unterschwellige Gefühl, dass Blanca die Wahrheit nie erfahren hatte.

Der Anwalt meines Vaters informierte mich über seinen Tod und teilte mir mit, dass ich sein ganzes schmutziges Vermögen erbe. Das war in der Zeit, als ich die Organisation Ilumna gründete. Ich wollte jeden dieser unsauberen Centimos quasi wieder reinwaschen. Das widrige Geld sollte da verwendet werden, wo mein Vater den Schaden angerichtet hatte.

Ich traute meinen Augen nicht, als ich an der Born auf eine Obdachlose stiess, die vor der Eingangstür eines Kleidergeschäfts lag. Es war die Nonne aus dem Kloster, der ich damals die Säuglinge übergeben hatte. Ich lud sie zu mir nach Hause ein, wo sie mir erzählte, wie es dazu gekommen war, dass sie in Palma auf der Stras-

se landete. Ich war es ihr schuldig, ihr ein anständiges Leben zu bieten. Paulita wurde meine Haushälterin.

Dann, im vergangenen Sommer änderte sich alles. Ich hielt das erste Mal wieder Blancas geliebte Hände in meinen, um ihr zu kondolieren. Es war an der Beerdigung von Camila. Ihre Tochter neben ihr erinnerte mich an die jungen ungetrübten Jahre mit Blanca. Sie war das Ebenbild ihrer Mutter. Blanca blieb noch ein paar Tage in Palma, um alles Notwendige zu regeln.
Ich bemühte mich, mit ihr in Kontakt zu treten und sie endlich in Ruhe sprechen zu können. Doch sie gab mir keine Gelegenheit. Ich konnte es ihr nicht einmal verübeln.
Eine Woche nach der Beerdigung – es war schon fast Mitternacht – hämmerte jemand wie wild an meine Wohnungstür. Eine völlig in Tränen aufgelöste Blanca stand vor meiner Tür. Sie hielt mir einen Brief entgegen. Ich erkannte meine Handschrift.

Blanca entnahm den Buchseiten den Brief und reichte ihn Juan, der ihn vorsichtig öffnete. Er las vor:

Mi corazón

Dies wird vorläufig mein letzter Brief an Dich sein. Ich weiss nicht, wie ich es Dir erklären soll, dass unsere Wege sich hier trennen müssen. Du wirst es nicht verstehen, trotzdem musst Du es einfach akzeptieren.
Glaub mir, unsere gemeinsamen Tage in Palma waren für mich die schönsten Tage meines Lebens. Sie bleiben für mich unvergesslich. Das musst Du mir einfach glauben, auch wenn dieses Schreiben unsere Trennung bedeutet.
Mein Lebensweg treibt mich unfreiwillig in eine andere Richtung. Ich muss ihn alleine gehen.

Ich hoffe, es wird die Zeit kommen, in der ich die Gelegenheit haben werde, Dir alles zu erklären.

Es war ein Geschenk des Himmels, dass ich Dich kennenlernen durfte. Ich werde Dich für immer in meinem Herzen tragen.

Tu amor

Juan steckte den Brief in den Umschlag zurück und reichte ihn Blanca, die mit dem Text aus dem schwarzen Buch weiter fuhr.

Mir war noch jedes dieser Worte präsent, die ich vor all den vielen Jahren geschrieben hatte. Es war mir schleierhaft, warum sie mit diesem Brief bei mir auftauchte, und noch viel mehr wunderte ich mich, dass sie diesen Brief nach all den Jahren noch besass.

Danach reichte sie mir, immer noch laut schluchzend, den nächsten Brief.

Blanca griff nach dem zweiten Brief und reichte ihn Juan, der sie bat, ihn gleich selber zu vorzutragen.

Querida Camila
Querido Alfonso

Als erstes möchte ich mich bei euch bedanken, dass ihr die Beziehung zwischen Blanca und mir toleriert habt, was ich von meinem Vater nicht behaupten kann.

Alfonso war Vaters Freund. Deshalb verstand ich es nicht, warum er sich nach zehn Minuten wieder von ihm verabschiedete. Alfonsos Reise hatte sieben Stunden gedauert. Er war – zusammen mit seiner Tochter – auf dem Wasserweg von Palma her angereist. Doch die Tochter hatte im Garten warten müssen, während sich

Vater mit seinem Besucher unterhielt. Wenn ich meinen Vater fragte, warum er seine Besucher alleine im Büro, anstatt im Wohnzimmer empfing, erhielt ich die abwehrende Antwort, dass mich das nichts anginge.

Seit ich wusste, was sich damals abgespielt hatte, lag ein dunkler Schatten über mir. Diese sogenannten Freunde besuchten meinen Vater, um den Preis für die Adoption abzustottern.

Es gibt für dieses grosse jahrelange Verbrechen keine Gutmachung, kein Vergeben oder Vergessen. Als Sohn einer wohlhabenden Familie, die aufgrund dieser Schandtaten zu grossem Reichtum gelangt war, fühle ich mich verpflichtet, Busse zu tun. Ich weiss nicht, wie viele Babys mein Vater verkaufte, wie viele Mütter nachts vor unserem Haus schrien und wissen wollten, was mit ihrem Neugeborenen geschehen war. Ich fühle mich elend und mitschuldig. Für mich gibt es nur noch einen Weg: Ich werde mein Elternhaus und das Studium verlassen und mich dem Priesterseminar widmen, um die jahrelangen Sünden meiner Eltern wieder gut zumachen.

Grosse Traurigkeit erfasst mich, dass dies gleichzeitig die Trennung von Blanca bedeutet.

Liebe Camila, meine unendliche Liebe zu Blanca wird für immer bestehen bleiben. Ihr gehört mein Herz, ich werde immer ihr treuer Freund sein. Ich kann Dich nur bitten, ihr dies in diesem Sinne weiterzugeben.

Sie wird meinen unerwarteten Abschied nur verstehen, wenn sie die Wahrheit erfahren wird, die ihr Blanca schuldig seid. Es wäre Zeit, das Schweigen zu brechen.

In ewiger Liebe zu Blanca
Alejandro Savall

Behutsam legte Blanca den Brief wieder zwischen die Seiten

und fuhr mit Alejandros Text weiter.

Wenn der Seele Worte fehlen, schickt sie Tränen. Meine Augen füllten sich damit, als mir Blanca beinahe flüsternd mitteilte, dass sie diese beiden Briefe beim Räumen von Mutters Wohnung gefunden hatte. Ihre Mutter hatte diese Briefe all die Jahre versteckt aufbewahrt. Blanca hatte von Camila und Alfonso die Wahrheit nie erfahren.

Umso grösser war der Schock, auf diese Weise der Realität in die Augen sehen zu müssen.

Wir lagen einander eine Ewigkeit lang schweigend in den Armen und versuchten, uns auf diese Weise gegenseitig Kraft und Trost zu spenden. Wir mussten erst begreifen, was eigentlich gar nicht zu verstehen war.

Irgendwann – draussen wurde es bereits langsam hell – waren wir endlich in der Lage, über die Zeit von damals zu sprechen. Es tat unendlich gut, nach all der langen Zeit. Jedes Wort war Balsam, obwoh die Wunden für immer ihre Narben hinterlassen hatten.

Sie erwähnte, dass ich sie damals genau in dem Moment verlassen hatte, als sie mich am meisten gebraucht hätte. Ich wusste allerdings nicht genau, was sie damit meinte. Bevor ich nachfragen konnte, liess sie mich wissen, dass es mein Freund Emilio war, der sich an meiner Stelle um sie kümmerte und sich ihr annahm, nachdem ich auf ihre letzte Nachricht nicht reagiert hatte. Ich wusste nicht, welche letzte Nachricht sie meinte. Blanca sprach von einem rosaroten Brief, dem letzten Brief, den sie Emilio gesandt hatte, um ihn mir wie gewohnt zu übergeben. An einen rosaroten Brief konnte ich mich nicht erinnern. Als ich ihr versicherte, nie einen solchen Brief von ihr erhalten zu haben, wurde sie sehr nachdenklich.

Sie verliess meine Wohnung, als bereits die ersten Leute zur Ar-

beit gingen. Sie wollte dringend noch etwas klären und versprach, sich wieder zu melden.

Es war einer der unvergesslichsten Tage für Blanca und ihre Familie. Nach einem Gespräch mit ihrer Tochter, fasste sie den Entschluss, sich von ihrem Mann zu trennen.

Ich verlor beinahe die Fassung, als ich später erfuhr, dass sie mit meinem ehemaligen Jugendfreund Emilio verheiratet war. Nun begriff ich auch, warum ich zu Beginn meines Priesterstudiums nie mehr etwas von ihm hörte.

Nie mehr in meinem Leben werde ich die Messe vergessen, die ich am folgenden Sonntag in der Kirche hielt. Die Predigt beinhaltete das Thema Familie. Hier ein kleiner Auszug daraus, der einer meiner Kirchgänger einen Stich ins Herz versetzte.

Vater und Mutter zu sein ist schwierig. Doch diese Zeit wird viel zu schnell vorbeigehen.

Was zählt, sind die liebvollen Beziehungen, die in der Familie aufgebaut werden.

Das Zusammenspiel in der Familie ist sehr bedeutungsvoll für die Erziehung und wird von einer Generation auf die andere übertragen. Dieses Miteinander beeinflusst junge Menschen enorm.

Vergesst niemals: Mutter oder Vater zu sein gehört zu den grössten Freuden im Leben.

Die Basis jeder guten Eltern-Kind-Beziehung ist ein Gleichgewicht zwischen Liebe und Disziplin. Eine ausgewogene Wechselwirkung zwischen Mutter und Vater ist für jedes Kind von enormer Wichtigkeit. Ein Kind muss sich der Liebe von Mutter und Vater gewiss sein.

Ein Kind braucht Geduld und Geborgenheit, ein Kind braucht Umarmen und sehr viel Zeit. Ein Kind braucht Begleitung ins Leben. Ein Kind braucht nicht Technik, Konsum und viel Geld, ein

Kind braucht Eltern, bei denen es etwas wert ist.

Alle Kirchgänger hatten die Kirche bereits verlassen, nur in einem der Bänke sass noch eine junge Frau. Vom Altar her bemerkte ich, dass sie starr wie ein Stein da sass und mich mit grossen Augen ansah. Als ich auf sie zuging, erkannte ich sie. Sie hatte an Camilas Beerdigung neben Blanca gestanden. Sie war die Tochter von Blanca und Emilio. Sie sass weiterhin stocksteif da, und als ich auf sie zutrat, warf sie mir vor, über Dinge zu predigen, von denen ich keine Ahnung hätte. Ich verstand zwar nicht, was sie damit andeuten wollte, sagte aber dann zu ihr, sie sei doch die Tochter von Blanca und Emilio und dass ich sie von der Beerdigung ihrer Grossmutter her kenne. Wieder schaute sie mich mit Argusaugen an und erklärte mir, dass sie als Kind all das bekommen hatte, was ich eben gepredigt hatte: Liebe, Geborgenheit, Geduld, Umarmungen. All das habe sie bekommen, einzig von ihrem Vater nicht! Mit einem Schlag wusste ich, was sie soeben zur Sprache gebracht hatte. Schwer wie Blei stand ich vor ihr, unfähig auch nur ein Wort über die Lippen zu bringen. Gleichzeitig wurde mir bewusst, was Blanca mir damals in einem rosaroten Brief, den mir mein Freund Emilio vorenthielt, mitgeteilt hatte: dass sie schwanger war.

Es gibt keine Worte, um die Gefühle zu beschreiben, als ich das erste Mal in meinem Leben und scheu wie ein Reh auf meine Tochter zuging und sie an mich drückte.

Es war mir damals nicht entgangen, dass mein Freund Emilio, mit dem ich meine ganze Kindheit verbracht hatte und mit dem mich eine tiefe Freundschaft verband, ebenfalls Gefallen an meiner Freundin fand. Doch nie und nimmer hätte ich gedacht, dass er mich dermassen hintergeht und mir Blancas Schwangerschaft verheimlicht. Schamlos hatte er die Ausweglosigkeit der alleingelassenen schwangeren Blanca ausgenutzt und meine Vaterrolle übernommen.

Die Trennung war hart, als Blanca und Marina wieder zurück in die Schweiz reisen mussten. Blanca nahm ihr Schicksal selbst in die Hand, indem sie mich tatkräftig in meiner Organisation unterstützte, was sie problemlos auch aus der Schweiz erledigen konnte. Es war auch für sie ein Weg zur Heilung.

Obwohl ich wusste, dass ich den nächsten Sommer abwarten musste, bis ich Marina wieder in meine Arme schliessen konnte, war ich der glücklichste Mensch auf Erden. Wir waren eine Familie, und dieses Geheimnis würden wir für uns behalten.

Als Blanca das Buch schloss, herrschte eine Stille im Raum wie nie zuvor. Juan musste sich zusammenreissen, dass er nicht nasse Augen bekam, als er seinen Blick Marina zuwandte. Er fühlte sich erlöst und überglücklich. Sie hatte ihm die Wahrheit gesagt. Das einzige, worüber sie geschwiegen hatten, war die Tatsache, dass Alejandro ihr Vater war. Sie wollten ihr Glück zu dritt teilen, ohne jedem erklären zu müssen, wie ein Priester plötzlich zu einer Tochter kam. Blanca und Marina hatten versucht, bis zuletzt ihr Geheimnis zu wahren. Alejandro hatte zuviel geopfert, um womöglich durch den Dreck gezogen zu werden, sollte seine Vaterschaft publik werden. Seit der Stunde, als Blanca mit den Briefen aus Mutters Wohnung bei Alejandro im Haus gestanden hatte, verband die beiden wieder eine tiefe Freundschaft. Die innige Verbundenheit, die sie bereits vor Jahren füreinander empfunden hatten, war zurückgekehrt. Vorerst begnügten sie sich mit der Freude der gemeinsamen Tochter und der Zusammenarbeit bei der Ilumna. Über die Zukunft wollten sie noch nicht nachdenken. Jeder Moment zählte, den sie zusammen geniessen und schätzen durften.

Der beschriebene Lebensabriss von Alejandro berührte Juan sehr, und auch Lucero schien gerührt. Juan war erleichtert, dass es keine Eifersuchtdramen zwischen Mutter und Tochter gegeben hatte, die zu einem Mord hätten führen können. Der Einzige, der nun noch in Frage kam und ein Motiv hatte, war Emilio.

Nicht nur Juan war sich sicher, den Mörder vor sich zu haben. Auch Blanca und Marina waren davon überzeugt. Blanca erklärte, dass Alejandro nicht mehr in alten Wunden hatte wühlen wollen und daher verzichtet hatte, Emilio auf seine ungeheuerliche Tat anzusprechen. Als dann Emilio wie aus heiterem Himmel bei Alejandro aufgetaucht war und ihn mit dem Vorwurf konfrontierte, seine Familie zu zerstören, ihm drohte, er solle die Finger von Blanca und Marina lassen, da platze Alejandro der Kragen. Es artete in einen Streit aus.

Emilio schaute verbissen zu Blanca und Juan. Er wusste, dass ihn alle für den Mörder hielten. Wutentbrannt sagte er: «Ja, es stimmt. Ich hatte einen Streit mit Alejandro und ja, ich wollte nicht, dass er mir meine Familie wegnimmt und nochmals ja, ich hatte die Situation ausgenutzt, als Blanca verlassen und schwanger war. Alejandro war bereits nach Madrid abgereist um mit seinem Priesterstudium zu beginnen, als der rosarote Brief eintraf. Deswegen hatte ich ihn gelesen und sah keinen Grund, Alejandro über sein Vaterglück zu orientieren, wo dieser doch Busse tun musste. Ich fand genauso wie Alejandro vom ersten Tag an, als wir Blanca im Garten von den Savalls kennenlernten, Gefallen an ihr. Mein Pech, dass Alejandro das Rennen machte. Warum sollte ich die Gelegenheit nicht nutzen, wenn er seine Freundin schwanger zurücklässt? Blanca war damals nicht abgeneigt, dass einer da war, der sich ihr annahm und der bereit war, der Vater für ihr Kind zu sein. Die Arztstelle in der Schweiz ermöglichte uns ein Leben fern von Spanien und fern von Alejandro. Als ich dann von Camila erfuhr, dass Alejandro nun Priester in Palma war, vermied ich es, wieder nach Palma zu reisen. Auf keinen Fall wollte ich ihm begegnen. Ich musste auch unbedingt zu verhindern versuchen, dass Blanca und Alejandro einander begegneten, wenn Blanca ihre Mutter besuchte. Mit Camilas Hilfe klappte das sehr gut. Es war auch in ihrem Interesse, dass er nicht mehr in unser Leben trat. Hätte Camila nicht den unverzeihlichen Fehler gemacht, die Briefe, die sie Blanca vorenthalten hatte, aufzubewahren, wären wir noch heute eine glückliche Familie.»

Emilio musste einen Moment tief Luft holen, bevor er weiter sprach.

«Nach dem Streit mit Alejandro wusste ich, dass ich verloren hatte. Trotzdem konnte ich nicht einfach die Insel verlassen. Ich brauchte noch einige Tage für mich und hoffte inständig doch noch auf ein Gespräch mit meinen beiden Frauen.»

Juan erhob sich und teilte ihm mit, dass es eine Aufzeichnung gäbe, die ihn in der Galerie RR während der Nit de l'Art zeige. Diesmal stritt Emilio es nicht mehr ab, dort gewesen zu sein. Leider hatte Juan ausser Vermutungen keinen einzigen Beweis, der Emilio als fraglichen Mörder entlarvt hätte.

49

Estrella und Elena warteten wie versprochen im Innenhof des Polizeigebäudes an einem kleinen runden Steintisch auf Juan und Lucero. Sie verstanden nicht, warum diese sich seit über einer Stunde mit den Vidals aufhielten, wo es doch längst Zeit war, die Suche nach dem flüchtigen Sancho einzuleiten. Es dunkelte bereits, was die Suche nicht vereinfachen würde.

Die Tatsache, dass Marina keinen Liebhaber hatte und die Umstände endlich geklärt waren, hatte zur Folge, dass Juan sich wieder etwas versöhnlicher zeigte. Doch dann erfuhr er, dass sich Estrella und Elena nicht aus einer weiblichen hirnrissigen Marotte heraus auf dem Weingut herumgetrieben, sondern auf eigene Faust einem Phantasiegebilde von Mörder hinterher gejagt hatten. Da war er doch ziemlich durch den Wind. Was war bloss in Estrella gefahren und woher hatte sie die Dreistigkeit gehabt, Comisario zu spielen?

«Nun zu dir, liebe Schwester, kannst du mir mal verraten, was dich mit Estrella verbindet? Könnte es sein, dass du uns von der Arbeit abhältst?» richtete er sich vorwurfsvoll an Estrella.

Augenblicklich erhob sie sich, stellte sich selbstsicher mit erhobenem Haupt vor ihn hin und erklärte ihm, dass das Fass nun voll war. «Ich lass mich nicht länger von dir wie eine lästige Nebensache behandeln. Seit Tagen versuche ich, auf allen Wegen irgendwie an dich ran zu kommen und du servierst mich jedes Mal wie einen heissen Käse ab!»

So hatte er seine Schwester noch nie erlebt.

«Seit Tagen versuche ich, dir mitzuteilen» fuhr sie fort, «dass dein neuer Schwarm in den Armen dieses toten Priesters gesehen wurde.»

Seit Tagen, hat sie gesagt, ging es Juan durch den Kopf. Er hätte es schon viel eher wissen können, hätte er eines ihrer

Telefonate entgegen genommen oder sie nicht abgewehrt. Das ganze Theater hätte er sich sparen können. Er versuchte, eine gleichgültige Miene aufzusetzen und ihr den Wind aus den Segeln zu nehmen, indem er zu ihr so kühl wie möglich sagte: «Davon haben wir bereits Kenntnis.»

Im gleichen bestimmten Ton berichtete sie ihm vom Chat, den sie auf der Internetseite der Ilumna entdeckt hatte und um wen es sich dabei handelte – nämlich um den prominenten Winzer.

Juan liess sich den Chatverlauf zeigen. Von da an sah er seine Schwester in einem anderen Licht.

Nun begriff er auch, was Blancas Anruf bedeutete, den er bei Sancho entgegen genommen hatte. Welch ein Malheur! Er hatte im Gespräch mit Blanca vergessen, sie auf den Anruf anzusprechen.

Elena fuhr fort: «Ich kann dir die Frage, welche du mir vor ein paar Tagen am Telefon gestellt hast, beantworten. Meine Antwort damals war falsch. Es waren nicht Handschuhe, die der Täter trug.»

Nun wurde Juan ernsthaft hellhörig.

«Lass uns mal einen Blick ins Video werfen.», ordnete Elena an, als hätte sie hier das Sagen gehabt.

«Woher kennst du das Video?», wollte Juan erst wissen.

Höhnisch rechtfertigte sie sich mit der Anschuldigung, dass er weder telefonisch noch persönlich erreichbar gewesen und nur Estrella übrig geblieben war, um die Polizei über ihre Entdeckungen zu informieren.

«Als ich dann bei Estrella ins Sekretariat platzte, war sie gerade dabei, sich das Video anzusehen», schummelte sie. Sie wollte ihm nicht sagen, dass Estrella sie dazu eingeladen hatte. Das hätte der zukünftigen Polizistin womöglich einen Stein auf den Weg gelegt.

Sie sassen alle gespannt vor dem Video und spulten vor und zurück, bis der gewünschte Ausschnitt erschien.

«Da, noch ein kleines Stück zurück, ja, jetzt kommt es gleich!», rief Elena aufgeregt.

Es war die Stelle, wo Sancho seine Weine präsentierte. Wie er mit Ehrfurcht die Gläser füllte und die Gäste nach dem Schwenken der Gläser daran riechen liess.

«Und jetzt kommt's», deutete Elena.

Obwohl der Film tonlos ablief, verstand man dennoch Sanchos Erklärung, dass man die Farbe des Weins am besten vor einem weissen Hintergrund erkennen könne. Er demonstrierte dies, indem er eine weisse Serviette aus der Tasche seiner Kellermeisterschürze nahm und diese hinter das Glas hielt.

«Verflixt noch mal, wie konnten wir das übersehen?», entsetzte sich Juan und blickte zu Lucero.

Der Schnelldurchlauf bewies, dass Sancho bei jeder Gelegenheit zu dieser Serviette gegriffen hatte. Er hatte damit den Flaschenhals vor dem Öffnen einer Flasche abgerieben. Er hatte damit die Gläser poliert und sie hatte als weissen Hintergrund zur Demonstration der Farbe gedient.

Bei jeder Aktion hatte er die Serviette zur Hand genommen. Das hätte er ganz sicher auch getan, wenn er eine seiner Flaschen als Mordwaffe benutzte.

Juan glaubte es kaum, was alles seine Schwester aufgedeckt hatte. Er kam sich ziemlich dämlich vor. Wie hatte ihm das bloss passieren können, dass er sich von Marina derartig blenden liess? Es hatte dazu geführt, dass er sich nur in ihrem Umfeld umsah.

Lucero schlug vor, noch einmal auf das Weingut zu fahren. Estrella konterte, dass dies eine schlechte Idee sei, der Täter habe nach ihrer Konfrontation die Flucht ergriffen, nachdem seine Komplizin sie beide im Keller eingesperrte hatte.

«Komplizin?», wunderte sich Juan perplex.

Der Fahndungsaufruf von Paulita wurde bereits zur frühen Morgenstunde im Radio durchgegeben. Sämtliche Medien präsentierten ihr Porträt. Unterdessen war man überzeugt, dass ihr etwas zugestossen sein musste.

Juan sass nach nur einer Stunde Schlaf bereits wieder am Schreibtisch. Nebst Paulitas Verschwinden, war er gleichzeitig mit der Flucht des Winzers beschäftigt.

Polizeitruppen hatten während der halben Nacht die Insel nach dem Winzer abgesucht. Selbst Sanchos engster und einziger Kumpel Gabriel hatte keine Ahnung, wo dieser sich aufhielt. Er konnte sich nicht vorstellen, dass Sancho irgendwas auf dem Kerbholz haben sollte. Estrella hatte den Koffer erwähnt, über den sie beinahe gestolpert war. Man ging davon aus, dass Sancho die Insel verlassen wollte. Es gab zwei Möglichkeiten: entweder mit dem Flugzeug oder mit dem Boot. Gemäss den Erkundigungen am Flughafen, war auf keinem der Flüge ein Passagier namens Sancho Carreras gebucht.

Endlich gegen Morgengrauen meldete die Hafenpolizei, dass die gesuchte Person gestern um dreiundzwanzig Uhr an Bord des Kreuzfahrtschiffes Costa Fantastico gesichtet worden war. Er war Richtung Marokko unterwegs.

Es war gegen acht Uhr morgens. Eine schlicht gekleidete ältere Frau verliess die Fähre. Sie stieg in ein Taxi, streckte dem Fahrer einen Brief entgegen und bat ihn, sie an die angegebene Adresse zu fahren. Für den Taxifahrer war es die letzte Fahrt nach seinem Nachtdienst. Die Adresse war ihm nicht fremd. Er hatte noch nie erlebt, dass er während des gleichen Dienstes die Strecke Binisallem – Hafen Palma und umgekehrt zweimal fahren musste. Beide Male war dasselbe Weingut Ausgangs- und Zielpunkt zugleich. Das Taxi verliess den Hafen in dem Moment, als ein Streifenwagen auf das Terminal der Kreuzfahrtschiffe einbog.

Ein Hafenarbeiter hatte die gesuchte Frau erkannt, nachdem er das Bild in der Morgenzeitung gesehen hatte. Sie sass völlig aufgelöst und verloren auf einer Bank und starrte auf das Meer hinaus. Widerstandslos liess sie sich von den beiden Polizisten zum Auto begleiten. Sie hatte mit diesem Moment gerechnet .

Kurze Zeit später sass sie Juan und Lucero gegenüber. Die beiden waren heilfroh, Paulita unverletzt gefunden zu haben. Juan kannte Sanchos Chat-Einträge. Er wusste, dass sich Paulita in der Ilumna engagierte. Darum war es naheliegend, dass die beiden sich kannten. Es war kein Zufall gewesen, dass man Paulita ausgerechnet am Hafen gefunden hatte, dort, wo der Gesuchte Stunden zuvor die Insel verlassen hatte.

Juan wollte in Erfahrung bringen, wo Paulita die ganze Zeit gesteckt hatte, als die Tür aufging und Estrella eintrat. Als sie Paulita auf dem Stuhl sitzen sah, rief sie Juan zu: «Sie war es!» Sie zweifelte keine Sekunde, dass Paulita die Frau war, die sie auf dem Weingut in den Keller geschlossen hatte. Obwohl sie gestern in dem spärlichen Licht nur ihr Profil hatte sehen können, war sie sich jetzt absolut sicher.

Es interessierte Juan nun brennend, was sie auf dem Gut gesucht und wo sie sich in den letzten Tagen aufgehalten hatte. Paulita war sich gewiss, dass eine Frage der nächsten folgen würde, bis die letzte Ungewissheit geklärt war. Sie zog es vor, die Geschehnisse vom ersten bis zum heutigen Tag zu schildern, als sich wie eine Zitrone auspressen zu lassen.

«Blutjung und unerfahren trat ich in den Orden in einem kleinen Kloster in Barcelona ein. Der Priester und all die anderen Ordensschwestern waren viel älter als ich und bereits seit

Jahrzehnten in dem Kloster tätig. Es gehörte zu meinen Aufgaben, die Babys entgegenzunehmen, die mir aus dem Spital nebenan gebracht wurden. Sie wurden dann den Adoptiveltern übergeben, die unsere Frau Oberin ausgesucht hatte. Jedes dieser Säuglinge war innerhalb weniger Stunden nach der Geburt bei seinen neuen Eltern. Die Ausnahme war ein Junge, den keiner wollte. Weiss Gott warum, vielleicht weil er zu hässlich war. Es gehörte zu meinen Aufgaben, mich dem Säugling anzunehmen. Wir tauften ihn auf den Namen Adam.

Zum Kloster gehörte ein kleines Heim mit elternlosen Kindern, die dort von Dämonen in Hauben mit Körperstrafen, Stöcken, Besen und Thrillerpfeifen gezüchtigt wurden. Jedes dieser Kinder wünschte sich nichts sehnlicher als eine Mutter und einen Vater. Einmal im Monat gab es den Tag der Ausstellung. Die Kinder stellten sich, in ein weisses Hemd gekleidet, in Reih und Glied auf. Ehepaare kamen vorbei, um die Zähne, Haare und Haut der Kinder zu begutachteten. Man hob ihre Röcke an, damit sie einen Blick darunter werfen konnten. Die ausgewählten Kinder bekamen eine Familie und verliessen voller Stolz das Heim.

Nach jedem Tag der Ausstellung ging für Adam der Alptraum weiter. Niemand wollte ihn haben. Er begann mit Bettnässen. Zur Strafe zog man ihm die Unterhose über den Kopf. Er tat mir unendlich leid. Ich hörte ihn dauernd nach seiner Mutter rufen. Ich hatte ihn ins Herz geschlossen und versuchte, ihm so viel Liebe wie möglich zu geben, ohne mit den anderen Nonnen in Konflikt zu geraten. Es beruhigte mich, dass sich unser Priester fürsorglich um Adam kümmerte und jeden Abend in seiner Schlafkammer mit ihm betete, Gott möge auch ihm bald eine Mama schicken. Hätte ich damals realisiert, was wirklich hinter diesen Gebeten steckte, ich hätte Adam gepackt und wäre mit ihm aus dem Kloster geflüchtet.

Erst im Alter von acht Jahren wurde Adam von einem Paar aus Palma adoptiert. Nie mehr vergesse ich den überglücklichen stolzen Ausdruck auf Adams Gesicht, als er endlich eine Mutter und einen Vater bekam. Trotzdem war der Trennungsschmerz gross, und ich musste Adam versprechen, ihn irgendwann in seinem neuen Daheim zu besuchen.

Ich verbrachte weitere Jahre im Kloster. In dieser Zeit lernte ich Alejandro, den Sohn des Gynäkologen aus dem Krankenhaus von nebenan kennen. Er war es, der mir die Babys für die Adoption brachte. Im Laufe der Zeit verband uns ein kameradschaftliches Verhältnis. Dann kam der Tag, an dem Alejandro die dunklen Machenschaften aufdeckte. Bald darauf verliess er sein Elternhaus. Er offenbarte mir, wofür wir benutzt wurden. Ich verstand nicht, warum ich so naiv war und nie bemerkt hatte, dass ich ein Werkzeug in einem gottlosen Geschäft war. Ich trat aus dem Orden und aus dem Kloster aus.

Wo sollte ich hingehen? Es gab für mich nur ein Ziel: die Insel, auf der Adam lebte. Ich wollte mein Versprechen einlösen und ihn besuchen. Leider ging mein Plan nicht auf, weil meine finanziellen Mittel knapp waren und gerade noch für die Überfahrt nach Palma reichten. Fast zwanzig Jahre lang lebte ich auf den Strassen von Palma, bis mich eines Tages Alejandro ansprach. Er war Priester in der Stadt geworden. Nach diesem Wiedersehen änderte sich mein Leben komplett. Ich wurde seine Haushälterin und bekam endlich ein Dach über den Kopf. Das Schicksal von damals verband uns. Es gab für mich keine wichtigere Aufgabe, als Alejandro bei der Gründung der Ilumna zu unterstützen und mitzuhelfen. Es war auch für mich ein Weg zur Wiedergutmachung der damaligen Schandtaten.

An einem der ersten Zusammenkünfte der Ilumna fand sich ein Opfer ein, das, wie viele andere auch, seine Mutter über die Organisation zu finden hoffte. Obwohl mehr als dreissig Jahre vergangen waren, erkannte ich meinen Adam sofort wieder. Als er mich erkannte, zeigte er dasselbe glückliche und erlöste Gesicht wie damals, als er endlich eine Mutter und einen Vater bekam. Seine Eltern hatten Adam einen neuen Namen gegeben. Sie nannten ihn Sancho.

Die liebende Mutter, die er sich immer gewünscht hatte, hatte er nie bekommen. Seine Eltern hatten sich nicht nach einem Kind gesehnt; ihnen hatte auf ihrem Gut lediglich eine billige Arbeitskraft gefehlt. Er wurde ausgenutzt und mit Schlägen und harter Arbeit aufgezogen. Die einzige Liebe, die er in seinem Leben jemals bekommen hatte, kam von mir. Sancho entwickelte sich zu einem scheuen wortkargen Mann, der mit Ausnahme der harten Arbeit nichts kannte. Sein Leben waren die Reben. Beziehungen ging er erst gar nicht ein. Nachdem seine Eltern bei einem Autounfall ums Leben gekommen waren, blühte er auf und baute aus dem heruntergekommenen Weingut eine ansehnliche Bodega auf. Dank seiner Hingabe zu seinen Reben produzierte er mit der Zeit einen der besten Weine der Insel. Doch noch immer war er auf der Suche nach seiner Mutter. Als er von den Organisationen hörte, war das auch für ihn die Gelegenheit. Ich nahm von Sancho eine Speichelprobe, schickte diese ins Labor. Für mich würde die Freude ebenso gross sein wie für Sancho, sollten wir dank des Gentests seine Mutter ausfindig machen. Wir schwelgten im Glück, und ich fühlte mich so, als hätte ich meinen verlorenen Sohn wiedergefunden.

Seit unserem Wiedersehen waren wir unzertrennlich. Sancho hätte mich gerne zu sich aufs Weingut geholt. Immer wieder versuchte er, mich zu überreden. Dass ich für einen Priester arbeitete, verurteilte er zutiefst.

Vermutlich beging ich einen unverzeihlichen Fehler. Eines

Tages weihte ich Sancho über die hinterhältigen Geschäfte von Alejandros Vater ein, zu deren Opfer auch er und seine Mutter gehörten. Von diesem Zeitpunkt an änderte sich einiges. Sancho akzeptierte es nicht, dass ich ausgerechnet für den Sohn dieses Verbrechers arbeitete. Er brach den Kontakt zu mir ab. Ich hatte keine Chance mehr, an ihn heran zu kommen. Erst am Donnerstag, als der heftige Sturm tobte, sollte sich dies ändern. Ich befand mich auf dem Heimweg, nachdem ich den Abend bei Blanca und Marina verbracht hatte. Ich bemerkte plötzlich, dass mir jemand folgte. Vor meiner Haustür holte mich der Verfolger ein. Ich schlotterte vor Angst. Ich musste meinen ganzen Mut zusammennehmen, um ihn direkt anzusehen. Die Erleichterung war gross, als ich ihn erkannte, obwohl sich sein Gesicht unter seiner Kapuze versteckte. Es war Sancho. Er war völlig ausser sich und sagte, dass er mich dringend sprechen müsse. Vermutlich hatte er mich schon seit der Beerdigung verfolgt, und als ich später bei Blanca und Marina den Abend verbrachte, musste er trotz des Sturms vor dem Haus auf mich gewartet haben.

Wir setzten uns in mein Wohnzimmer und er sprach das erste Mal in seinem Leben über das, was er nie hatte überwinden können. Wie er als Kind im Klosterheim, alleine und angsterfüllt, Nacht für Nacht in seinem Bett gelegen und gehofft hatte, dass aus dem Korridor kein Lichtstrahl durch den Türspalt in seine Kammer drang. Wenn das Licht nochmals anging, bedeutete es, dass kurz danach der Geist am Fussende seines Bettes erschien. Zusammen mit dem Geist im Priesterrock musste er dann beten, während dieser ihn unter der Decke befühlte und kontrollierte, ob alles in Ordnung sei. Was unglaublich weh tat.

Ich machte mir unvorstellbare Vorwürfe, wie ich so blind hatte sein können und nicht bemerkt hatte, wie diese Gebete vor sich gingen. Ja, sogar überzeugt davon war, dass der Priester eine Art Vaterersatz für den Jungen war.

Der Priester hatte Adam den Körper genommen. Selbst als Erwachsener war Sancho nicht fähig, einen körperlichen Kontakt zuzulassen. Den Hass und Ekel brachte er nie mehr los.

Ich war der einzige Mensch ins Sanchos Leben, der ihm wirklich etwas bedeutete, und von dem er Liebe und Verständnis bekam. Umso brutaler muss es für ihn gewesen sein, als er erfuhr, dass ich ausgerechnet für einen dieser Täter im Priestergewand tätig war. Ausgerechnet dieser Priester tauchte dann an der Nit de l`Art in der Galerie auf. Der Geistliche, dessen Vater ihm seine Mutter genommen und der mich in sein Haus geholt hatte. Er verlor die Kontrolle über sich, als er das Schwein von Gottesdiener später mit einer jungen Frau in den Armen überraschte.»

Estrella druckte das Protokoll des Tathergangs aus und überreichte es Juan.

Der Täter wartete zwei Stufen weiter unten, von wo aus er unbemerkt eine freie Sicht Richtung Opfer hatte. Als die junge Frau sich aus den Armen des Priesters Savall gelöst hatte, verliess sie die Terrasse. Nachdem sie über die Treppe verschwunden war, befanden sich nur noch Täter und Opfer auf der Terrasse. Während Savall am Geländer stehen blieb und über die Dächer schaute, näherte sich ihm sein Täter von hinten. Der Weinproduzent Sancho Carerras zog eine weisse Serviette aus der Schürzentasche und griff damit nach einer der vollen Flaschen, die zum Degustieren bereit auf dem kleinen Tisch neben der Treppe standen. Damit schlug er mit einem derartigen kraftvollen Schlag von hinten auf den heiligen Kopf ein, dass der Geistliche am Boden zusammenbrach und sich sein Blut mit dem edlen Tropfen Amante de Sancho vermischte.

Das Opfer erlag an seiner Kopfverletzung innert kürzester Zeit.

Juan las die kurze Abfassung durch und reichte sie weiter an Paulita.

«Entspricht dieser Hergang so, wie er Ihnen von Sancho geschildert wurde?», fragte Juan.

Paulita nickte.

Das Handy des Opfers wurde nicht gefunden. Die Polizei ging davon aus, dass es beim Sturz zu Boden gefallen war, der Täter es an sich genommen und es anschliessend irgendwo entsorgt hatte. Es konnte auch nicht geortet werden.

Der Leichnam verfolgte Sancho in seinen Träumen. Er war ein Mörder. Jetzt würde er seine langersehnte Reise machen. Seinen Traum verwirklichen und auf einem der Kreuzfahrtschiffe einem neuen Leben entgegen fahren. Weit weg von der

Insel. Er würde sich von seinen Reben und Paulita trennen müssen. Aber nicht, ohne vorher seiner Paulita die Tat zu beichten und sich von ihr zu verabschieden. Das war er ihr schuldig. Sie würde ihn verstehen, davon war er überzeugt.

Der Tisch war voll zerknüllter Papiertaschentücher. So heftig und viel hatte Paulita noch nie in ihrem Leben geweint. Auf keinen Fall würde sie es zulassen, dass Sancho für seine Tat büssen musste. Es gab nur die Flucht übers Meer. Die lang ersehnte Reise. Bis zu seiner Abreise hatte sie keine Minute mehr ohne ihn verbringen wollen. In jener Nacht hatte sie Sancho auf sein Weingut begleitet, um alles in die Wege zu leiten. Von diesem Zeitpunkt an war sie für keinen anderen Menschen mehr erreichbar. Alles andere war unwichtig.

Am Freitag hatte zum Glück die Reservierung für einen freien Platz auf der Costa Fantastico geklappt. Das Schiff würde am Samstagabend auslaufen. Am Samstagmorgen nach der letzten Touristenführung durch die Bodega hatte der Postbote den Brief gebracht. Absender war die Hauptorganisation in Barcelona. Sancho war einem Zusammenbruch nahe, nachdem er zusammen mit Paulita den Umschlag geöffnet hatte. Seine DNA stimmte mit der DNA einer Isabella Lopez aus Barcelona überein.

Was er sein Leben lang so sehr vermisst hatte, bekam er in diesem Moment zurück: seine Mutter.

Eine unbeschreibliche Freude erfasste ihn, verwandelte sich jedoch schnell in eine tiefe Schwermut. Ausgerechnet zu dem Zeitpunkt, als Isabella Lopez' Sohn gefunden worden war, war dieser ein Mörder geworden. Das konnte Sancho seiner Mutter, die vermutlich wie er, ein Leben lang gelitten hatte, unmöglich antun. Es war zu spät. Zu spät für alles. Er musste sein neues Leben ohne Mutter beginnen.

52

Paulita war sich bewusst gewesen, dass sie sich strafbar machte, wenn sie einen Mörder schützte und ihm gleichzeitig zur Flucht verhalf. Die Sache war es ihr jedoch wert. Sie hatte zu lange auf der Strasse gelebt, als dass sie sich vor einem Leben in einer Gefängniszelle fürchtete. Was ihr mehr zu schaffen machte, war ihre Tat am Samstagnachmittag. Warum mussten ausgerechnet zwei junge Girls auf dem Gut auftauchen, als sie bereits auf das bestellte Taxi warteten, das sie zum Hafen bringen sollte. Dazu kam, dass sie Sancho damit drohten, sie hätten alles gesehen. Jetzt durfte nicht noch alles platzen, kurz vor dem Auslaufen des Schiffes. Sie mussten dringend zum Hafen. Paulita hatte keinen anderen Ausweg mehr gesehen als den, sich die beiden vom Halse zu schaffen, indem sie sie im Weinkeller einsperrte.

Den Brief mit den Ergebnissen der DNA sowie Isabelles Adresse erwähnte sie nicht. Sancho hatte den Brief wieder zugeklebt und auf den Küchentisch zurückgelegt.

Blancas Anruf, den Juan nach der Befreiung von Estrella und Elena in Sanchos Büro entgegengenommen hatte, verhinderte, dass Juan sich auch noch in der Küche umsah. Der Brief wäre nicht zu übersehen gewesen.

Juan fragte Paulita, ob sie Sancho verraten habe, dass die Frau in Alejandros Armen seine Tochter war. Paulita fiel beinahe vom Stuhl. Sie musste sich mit beiden Händen festhalten.

Dass Paulita keine Kenntnis davon hatte, dass es sich dabei um Marina handelte und Alejandro ihr Vater war, wunderte Juan sehr. Das Familiengeheimnis wäre wohl ewig gewahrt worden, hätte es den Mord nicht gegeben.

Juan informierte die Reederei. Sanchos neues Leben würde im nächsten Hafen sein Ende finden.

53

Diesen Abend wollte sich Juan nicht nehmen lassen. Er hatte einige Kilometer ausserhalb der Stadt in einer einsamen Meeresbucht, hoch über der Klippe, den schönsten Tisch reserviert. Das kleine Restaurant gehörte einem seiner Segelfreunde. Es befand sich an einer der schönsten Ecken der Insel. Zum Glück hatte alles noch so kurzfristig funktioniert.

Nachdem der Fall quasi gelöst war, hatte Juan Familie Vidal darüber informiert, dass sie der Polizei nicht mehr länger zur Verfügung stehen mussten. Emilio buchte den nächsten Flug, der ihn zurück in die Schweiz brachte, und Blanca hatte sich vorgenommen, noch ein paar Tage zu bleiben. Da noch nicht sicher war, was mit Paulita geschehen würde, zog sie für sie die neue Leitung der Ilumna Palma in Erwägung.

Marina konnte es kaum mehr erwarten, bis Juan vor ihrer Tür stand und sie abholte.

Sie verbrachten einen märchenhaften Abend. Alleine an dem weiss gedeckten Tisch über der Klippe bei einem fantastischen mallorquinischen Essen. Dass der Kellner dazu eine Flasche *Amante de Sancho* empfahl, war reiner Zufall.

Marina hatte sich entschieden, am nächsten Tag nach Hause zu reisen. In diesem Sommer war zuviel geschehen, als dass sie hätte unbeschwert noch ein paar Tage bleiben können.

Ihre Freundin hatte sie gestern Abend angerufen und in den höchsten Tönen von ihrem Yogaworkshop geschwärmt. Sie wollte bis Ende Sommer weiter mit ihrem Guru Yogi Vishnu auf der Finca meditieren. Marina konnte kaum glauben, dass sie sogar mit dem Gedanken spielte, ihr Studium zu unterbrechen, um ein Jahr mit Vishnu in Indien zu verbringen. Nach allem, was in den letzten Tagen geschehen war, war es Marina nur recht, dass sie sich nicht mit Barbi von Nachtclub zu

Nachtclub durchwühlen musste. Sie brauchte ein paar Tage für sich alleine, und die wollte sie in den Tessiner Bergen verbringen.

Nach dem Dessert entnahm Juan seiner Tasche eine kleine Schachtel, die er Marina übergab. Es war die Schachtel, die er unter dem Bett von Alejandro gefunden hatte – mit den Liebesbriefen von Blanca. Er schaute dabei hoffnungsvoll in Marinas Augen, als wollte er sagen, ich wünsche mir auch einmal solche Briefe von dir.

Marina wollte nicht, dass Juan sie am anderen Tag zum Flughafen begleitete. Sie hasste Abschiede auf den Flughäfen inmitten der vielen Leute. Den ersten und zugleich vorläufig letzten Kuss gaben sie sich auf der Bank vor ihrer Eingangstür auf der Placa Frederic Chopin neben der Kirche Sant Nicolau.

Paulita wusste noch immer nicht, wie ihre Strafe ausfallen würde, da in Spanien alles seine Zeit benötigt. Sie hatte Sancho versprochen, seine Vertretung auf dem Weingut zu übernehmen, solange dieser sich auf seiner Reise befand. Obwohl sie wusste, dass er daran war, sich ein neues Leben aufzubauen und nie mehr auf das Gut zurückkommen würde, hatte sie sich dazu bereit erklärt. Nach Alejandros Hinschied hatte sie sowieso keine Beschäftigung mehr.

Der ungeöffnete Brief auf dem Küchentisch, den Isabella bei ihrer Ankunft fand, liess sie glauben, dass ihr Sohn das Schreiben noch nicht gesehen hatte. Paulita liess sie in dem Glauben, dass der Brief erst nach seiner Abreise eingetroffen war. Isabella hatte ein Leben lang auf ihren Sohn gehofft, sie würde weiterhin auf ihn warten. Irgendwann würde seine Reise zu Ende sein. In der ehemaligen Nonne, in deren Hände ihr Sohn damals gegeben worden war, hatte sie ihre beste Freundin gefunden. Die beiden Frauen bewirtschafteten das Weingut mit grosser Tatkraft weiter.

Blanca hatte ihre Scheidung hinter sich und pendelte zwischen Spanien und der Schweiz. Ihr Herz gehörte der Ilumna. Immer mehr Opfer fanden zusammen. Die Früchte der Organisation trösteten sie im Verlustschmerz um Alejandro.

Marina steckte mitten in den Abschlussprüfungen. Infolge des Schulstoffs, den sie zu bewältigen hatte, sah sie kaum über den Berg. Barbi schaffte es, sie ab und zu auf andere Gedanken zu bringen, wenn die Yogini ihre Fotos mit Guru Vishnu aus Indien auf Facebook stellte. Unglaublich, heute konnte man in einer abgelegenen Höhle auf dreitausend Metern im Himalaya mit Facebook meditieren.

Juan und Lucero wehrten sich erfolgreich dagegen, dass ihre Büros in das neu renovierte und immer noch stockhässliche Polizeigebäude zurückverlegt wurden. Sie durften weiterhin in dem alten Palast bleiben. Juan verbrachte wieder vermehrt Zeit mit seiner Schwester Elena, auf die er sehr stolz war. Wenn er mal zwei oder drei Tage frei hatte, zog es ihn nicht mehr in erster Linie auf sein Segelboot. Er setzte sich lieber in die Swiss.

IM JULI 2012

Auf der Costa Fantastico. Am Tag, nachdem sie in Palma den Hafen verlassen hatte:

Inzwischen waren bei den meisten Kreuzfahrtschiffen mehr oder minder alle öffentlichen Bereiche mit einer Kamera ausgestattet. Eine Ausnahme bildeten die Kabinen und die Balkone. Trotzdem verschwanden immer wieder Passagiere.

Zehn Minuten nach Erhalt der Nachricht der Policia Nacional über das Satellitentelefon, ertönte auf der Costa Fantastico die Durchsage, dass Sancho Carreras sich umgehend auf der Brücke melden solle. Die Durchsage wurde mehrfach wiederholt, ohne dass er sich meldete. Die Suche nach ihm blieb erfolglos.

Es war wie in einem Agatha-Christie-Roman. Es gab keine Spuren, keine Zeugen und auch keine Leiche.

Evi Della Casa

1956 in Zug geboren. Sie lebt mit ihrer Familie in Cham. Als grosse Krimiliebhaberin und nach ihrem Zermatter Hotelkurzkrimi «Alpentraum» ist «Heilige Sünden» ihr erster Kriminalroman mit Comisario Juan Banderas.